文字森林
READING FOREST

文字森林
READING FOREST

文字森林
READING FOREST

文字森林
READING FOREST

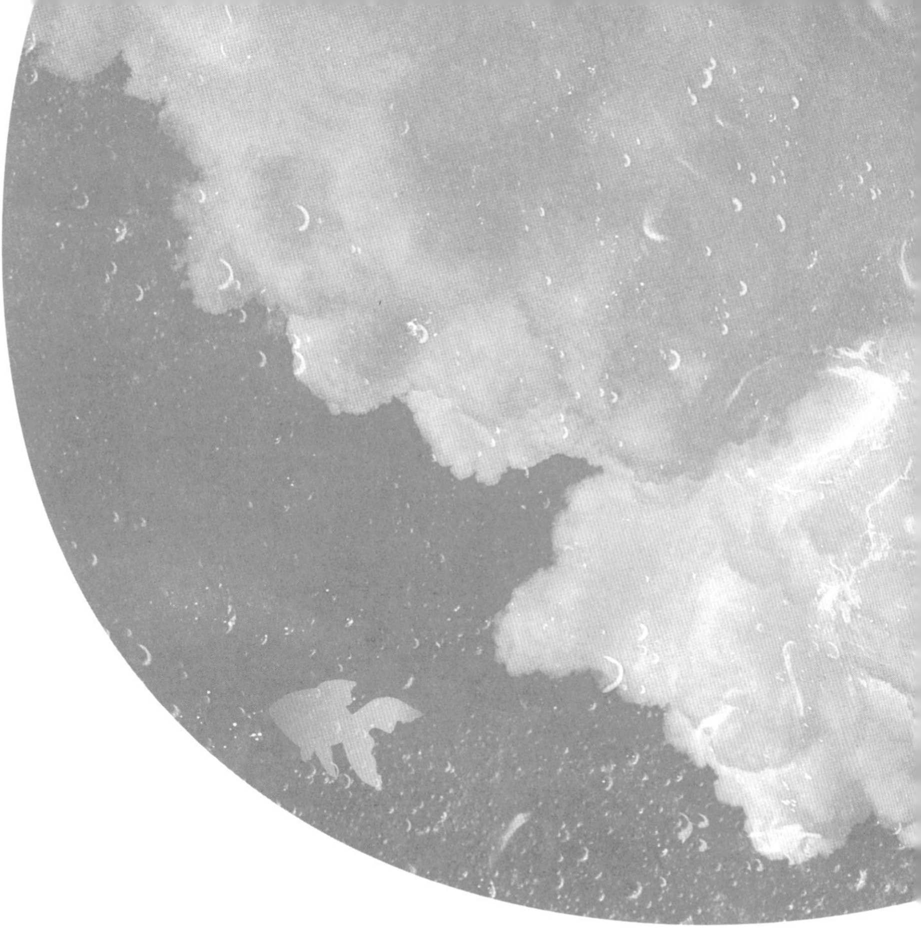

我在水裡的日子

渺渺 著

好評推薦

如果你也有想念的人，是再也不能續的緣分，那麼收下這些沒有地址的情書，也許會找到你所遺失的那一份。

——吳子霏（新生代演員）

她的翅膀如花蝶般輕薄，卻也飛了好幾千里。這本書所提及的，都是她失去所有風景的坦然，被折翼後而無法復原。

——彼岸的鹿（作家）

如果非得要為喜歡這本書找一個確切的原因，我想我的答案會是，在這些字裡行間，明明白白地讀見渺渺對於自己的誠實、盼望與滯留，讀見偶爾透過水面的光、也讀見在水裡不願被他知道的悲傷。

——知寒（作家）

有誰上岸後的城市像座海，我們在水裡如水母般漂浮。再深一些、再窒息一些，渺渺在陽光沒有痕跡的水底，消腫的傷疤連著來不及給出的愛，散逸在無重力的日子中。

——許瞳（新生代散文作家）

即使眼前荒蕪一片，她仍可以從景物之中，察覺閃現一瞬的記號，憑空取出鑲金的片刻，書裡的人名代號、物件與情節，都被她的文字放入遺世之處，在她的洞察之眼，以另一種形式存在著，水的阻力庇護，舊傷得以療癒，時而閃閃流動，時而凝結成晶。

——曾貴麟（詩人）

我在水裡的日子——說起來也是溺日。

書名映襯了自己的創作，也讓我的心有所共鳴，所謂重生，是反覆拆解傷心後再細細檢視，把不願提及的名字，收集成一本供人翻閱的書，這不是多麼卑微的事，而是讓自己變得更為勇敢的儀式，而這場儀式，你我都必經死亡。

日劇《四重奏》裡有一段對白是這樣說的：「曾經一面哭一面吃飯的人，一定能活下去的。」而我也深信，唯有踏實地走過悲傷，才能體悟他人的疼痛，相信這本書，能讓正在乘載悲傷的人，再一次透過渺渺的字重生。

——黃繭（文字溫室）

有沒有可能，你也害怕水，但是愛著海？或者，你先懂得馴養，才遇到你的玫瑰。當星星死去，月亮遠離，而太陽依舊升起，你會碰見消逝對於存在的意義，那樣龐大而磅礴，你也可能只是在街角碰見自己，帶著不同於往常的表情。

——愛瑪（作家）

在水裡的日子，意謂著曾有個人讓你見過岸上的陽光燦爛。你嚮往什麼呢？在確信自己想要的生活景色之前，也許我們都還得輪迴個幾次。折射的，是回憶，亦或幻影。想念，是氧，還是窒息。如果你現在也在水裡，那這本書與你一起。

——劉定騫（作家）

獻給在改變中走失的戀人與自我。

——謝凱特（寫字人）

目錄

輯二　末日之所以為末日

輯三　孤獨者樂園

輯四　微小疼痛收容所

特別收錄　失物聲納計畫

聲納檔案 #1

Intro

翻開一頁新的月曆，是相同的寂寞迴圈，原來走過一座地獄，是為了進到下一座地獄。生活的容器裡，水的質量守恆，累積與耗損是同一件事情。眼淚流乾了，會重來一遍。

輯一

我在水裡的日子

想成為你的魚，並且一輩子不要知道海的藍色是什麼樣子。

披著智人的殼走過二十五個夏天，終於抵達你的海域。耽溺憂傷使我退化，長出了鰓與鰭，凝滯在愛你的樣子，從此離不開水，上不了岸。

賴以為生的水乾涸以前，我試著釐清浪費的意義。至少我很確定，遺忘只是預言家的決定。

星星

我還想和你一起看海，也不想只是和你一起看海。

七月，許多以年為週期的事就要重新來過，繡球花、音樂祭、情人節，無法重演的細節像鞋裡的石子，像眼瞼處的睫毛，難以忽視，只慶幸別人看不出來。

平靜地度過十年般漫長的六月，以為時間終於善意地為我披上堅強的鎧甲，得意忘形地反覆打開名為以前的盒子，不清楚究竟是我過度想像了時間的仁慈呢，還是由你幻化而成的細碎玻璃輕易穿進了鋼鐵間的縫隙，使得脆弱從皮肉竄出，流淌一地。

不知所云的對話紀錄，網路笑話，視訊通話的截圖，還有你環島時的沿途風景，生日時拆開禮物吹熄蠟燭的側錄，留下這些東西的時候，怎麼會想到這麼早就面臨回顧。

照片裡的你持菸的樣子依然好看，那是假使在台北街頭見到還認得出來的樣子，到時候你會怎麼稱呼我呢？我該怎麼稱呼你呢如果你身旁有她，還是忽略稱謂地道一聲「嗨！」吧。不，應該禮貌地再錯過你一次。如果可以再錯過你一次。

凌晨，我任票根日記散落床上，從冰箱拎出五瓶啤酒，把X吵醒，讓他開車載我到位於鹽寮的廢棄漁港。忘了這是第幾次來了，我放下數算的手指，心想歸零重計才對得起逝去的七月。

套上濾鏡，曝光、對比、飽和度，把修整後的照片傳給你：「以後再一起來看海。」照片截掉了廢棄漁船，剩波光粼粼的海和無傷大雅的消波塊，生活從此就是那樣，為了給誰看而揑造，避免讓誰慌張愧疚，儘管並沒有人在看。

雖然沒有一起了，你仍占據最上方的對話窗格，我誤把那視為一種允許，厚著臉皮要擠進你的新生活。真羨慕當時的自己，如今大概是讓眼淚蝕掉了些臉皮。

「每一次看以前，都覺得好快樂，快樂得好想哭。我是不是還沒有不愛他。」最後一句說得特別小聲，企圖讓海浪的聲音蓋過，一面打開第二瓶，假裝漫不經心。

「妳愛去年七月的他。」沒想到X有聽見，他一邊揉著眼睛，不帶情緒。

他問我們還說話嗎，我說不了。不知道是誤解讓我們變得無話可說，還是過度寡言使我們誤解。

「意圖理解就是溫柔而可貴的了。」

我也是那樣想的。

我仍愛著你，在飯後接下我手裡紙巾的你，昏暗的房間裡依偎著看電影餵我鹹酥雞的你，從試衣間走出來扣著最後一顆鈕扣問我好看嗎的你，喝完一口咖啡後恍然大悟，像發現一首乏人問津卻動聽的歌曲那樣講述著經濟學原理的你，我愛那些我可能再也沒能見到的你。

我害怕打開盒子時看見的你其實是星星，很久以前就已經死去。

戀人標本

把心丟進裝有福馬林的罐子裡
我們的關係不需要
與時俱進

算命

走在西門附近的騎樓，往捷運站的方向，一個年約六十的阿伯叫住我：「小姐，我幫妳看一下好不好？」他前方擺了一張摺疊小方桌，金屬桌腳布滿鏽斑，看不見原本的銀色，桌面是黑色霧面的薄布蓋著，我在看清楚桌上的擺設以前就先說了不用謝謝，中間沒有逗點的那種不用謝謝。

是從那個早晨開始的嗎，身邊的一切漸漸快了起來，主管在會議中的語速，紅燈的讀秒，行人的位移像片段的瞬間移動，雨打在肩上的力道似乎也因為更大的加速度而更為刺痛。如牛頓所述，時間是人類意識產生的錯覺。在光的遊戲裡，有的人被記憶的魔鬼抓住而動彈不得，有的人昂首闊步。誕生的密碼除了決定耳垂的分離和舌頭蜷曲的能力，決定雙魚的浪漫或魔羯的務實，也早在起點的地方就注定了誰是贏家。眼前只比我多活四十年的男人，對我的上輩子了解多少呢？可惜我沒想知道上輩子的事。

紅燈上的數字正以反方向駛離我的時區，我又好奇地往回看，發現他右邊的牆上貼著八卦的圖案，桌上放有竹製的籤桶，桌邊黏有和春聯紙相同材質的字條，那時下著針一般的雨，水滴均勻地散布在眼鏡鏡片上，使我看不清楚上面寫了什麼。

我不知道他是為了生計而攔住我，還是他看穿了我需要一些東西，而他那裡有，像是答案。當下竟有一股衝動想靠近，不問如何保留，只問我什麼時候失去。

綠燈了，我頭也不回地向前走，比起意外地失去，我更害怕被揭穿其實從未擁有過那個人什麼。

大雨的忠誠

失去聯繫的八月，又跨越了一個季節我卻沒有發現，我像置身夏天外的人，在屏蔽太陽的區域虛度自己的冬天。

長寒中等不到暖和的跡象，於是我又開始寫日記了。很久沒有寫，快樂的時候不習慣拿筆，沒料到有天竟需要曾經的溫暖去溫暖未來的自己，差點要忘了人也是恆溫動物。從眼睛流出很多的字，字跡模糊難辨，後來改用油性筆寫了。裡頭多了幾個新的名字，卻始終有個不能替換的人稱。

不確定正確記錄故事的方式，不懂得什麼應該留下而什麼不必，於是留下了全部。故事的結局重新詮釋了我薄薄辭典裡對災難的定義，時序前所未有的凌亂，像一團裹了死結的毛線球，線頭藏在深處。

二〇一九年晃過了三分之二，我還是經常姍姍來遲地在會議紀錄上寫下二〇一八。

Z：

為你命名是在一個有夕陽和橘貓的傍晚。如果你有必要知道原因，我會在和那天一樣的午後親自告訴你的。

今晚幾個大學同學來花蓮旅遊，並在郊區包下一棟民宿。說來有一點可愛，他們沒見過你好看的雙眼皮和手指，卻聽我說你的名字比我說自己的名字還多次，特別是在眼睛和臉頰一樣紅潤的夜裡，腦袋無法控制因酒精而歪斜的肢體，也控制不好嘴巴淘淘不絕地談你，吐出的每個音節都圍繞著千篇一律的故事，他們都罵說聽得很膩，而如今，想必是沒能讓你們熟識彼此了。

我騎機車經過兩旁都是稻田且沒有路燈的地方，要不是鬼門關了我可能會更加害怕。

每個陰暗的時刻我一如既往地想起你，那時候大概是因為你，世界才沒有辦法完全暗下來吧。

待我終於不再犯遲到的錯，二〇一八仍然令人懷念。

以新的稱謂持續地寄信給你，始終沒有等到回信，但這不能怪你，我能夠理解愛的反義有時是沉默不語，那是在床頭留下紙條和鑰匙的人盡可能向惡的善意，一種身為好人的原罪。

氣象預報再怎麼不樂觀，也沒有人會以為雨將不停地落下去，我相信壞的天氣總有變好的時候。也許每一次認真相信的事情都不會像大雨那樣忠誠，可是我願意等。

今天又經過了你家旁邊

目的地不該在此
卻又經過你家旁邊
盯著柏油路面　不敢張望
像個偷了糖果的孩子
滿足於口袋裡裝飽的眼淚

潛入與季節不符的深海
倚靠失真的地圖　反覆對照
往沒有水草的地方找尋
找尋一個人的姓名

用力地下沉
無論多靠近失溫的邊緣
之於深不可測的你
我仍只是在冰山的尖端
漂浮而已

看不見通往陽台的樓梯
電鈴與指尖的距離是無限遠
躊躇讓蓄滿鹽水的口袋
挑戰恆心膨脹的限度

想像在眼線尚未暈開時
穿越並抵達床沿
喚一聲你的名字

回頭或不回頭並不重要
只想知道在那之前
究竟還要經過多少次你家旁邊

花海

記得你，是我唯一能為我們做的事情了。

那是一個接近中午的早晨，一座人造的花海，不知道世界上有沒有哪一座花海像海一樣天然？但我想，在一旁踱步的爸爸大概沒有興趣討論這樣的問題。

之所以只有我和爸爸是因為媽媽正在探望她生病的朋友，我們看著她走進醫院的大門才離開。爸爸提議去兜風，於是我們在往海邊的路上遇見一片花園，待上約莫六首歌的時間，再把車駛回醫院。車抵達醫院門口時媽媽恰好來電，我在後座感受她坐上副駕駛座的重量，似乎比剛剛重了一點。你知道靈魂的重量是怎麼計算的嗎？據說是死亡前後的重量差，二十一克還是三十五克我有點不記得了，我想媽媽身上多了悲傷的重量。

她微微低頭，黑色的長髮遮住了她的側臉，只露出鼻尖，我看不見表情。那天的陽光很好，花海很美，但空氣聞起來很傷心。

約莫一個月後，中秋節的隔天，媽媽的朋友過世了。有收白包嗎？什麼時候送走？她左手持電話，右手在隨手捎來的名片上寫上日期，像是一切都在預料之內地那樣應答。她沒有哭，沒有哭不是因為不傷心，她從很久以前就預支了傷心，在生活中有限度地消耗。

媽媽常說那位朋友很善良，很善良所以世界是那麼不公平。我想，倘若一個人的好會讓人質疑命運的公正性，那一定是個很好、很好的人吧。

然後我想起了你。

據說死去的人會因為牽掛著某些事情而持續流連在人世，但記憶仍會繼續消退。一個掛心著女兒是否安好的母親，將漸漸忘記生前最喜愛的歌曲，忘記二十三歲那年穿上婚紗時漂亮的臉，直到忘了女兒最愛吃的點心，忘了她眼角是否有痣，最終徹底忘了自己流連人間的原因。

每當又一個肉身失去靈魂的消息傳來，便會想如果即將面臨死亡，有什麼會令我牽掛？擬了幾頁遺書，放進你也知道密碼的雲端裡，告訴你關於死後的傳說，告訴你，如果生前與死後的記憶終將無可避免地消逝，我希望你的名字，可以是我最後一件忘記的事。

你好不好，是我活著的此刻最在意的事。

潮汐鎖定

我相信過誓言，像相信海不會是藍色以外的顏色，像相信一碗熱湯可以作冬夜的解藥，像相信我們會如兩顆星球般繞行共同的質心，走在平穩如命運的軌道，延遲快門就一覽無遺的光軌，沿著走就能抵達永恆，我真的以為。

你聽說了嗎？我也離開那裡了。

知道你先走的時候，消化了你的行為很久，那和一開始說好的不一樣，可是我不能質問你：「你怎麼可以騙人？」那會讓我顯得幼稚。像一場間隔十年的小學同學會裡，追究著五年級某個星期三下午的遊戲中，誰透過取巧作弊而贏得一個下課的優越。十年過去，所有人都忘了，只有輸的人記得，我一個人忿忿不平好幾年，成了真正的輸家。

我不會透漏我一直堅持留在原地，在意著你已經不在意的事會讓我的認真變得可笑。也因此，知道你離開的時候我什麼都沒有說。但在那個你也來過的房間裡，棉被底下，我用眼淚說了很多、很多。

我都沒忘。你說你會等、會留下，有必要的時候會追上我，我怕你會擔心、會慌張，就動也沒有動，哭也是小小聲。

你知道嗎？據說在太陽系早期形成階段，地球和一個天體相撞，產生的碎片最終形成了月球。而月球因為被地球潮汐鎖定，公轉和自轉速度相同，一直以同一面面向地球，在地球上的我們便無法用肉眼觀測到月球的背面。星球有正背面之分嗎？會不會我們望見的其實是月球的背影呢？

每一天
我想知道北方的天氣
怕傷心比空汙更隱微
使你過敏
擔心光年外的雨比窗外的更急
你的傘卻在我這裡

時間軸刻有舊的座標
是新的忌日
你微弱的引力拉扯著
我以擱淺紀念即將消失的潮汐
寫下這首詩的時候
浪花就沒有再看見了

常夢見海裡的你泅泳
與另一片尾鰭
你們一直往前游去
我說不要走好不好可是你們一直往前游去

我沒有停止地吶喊
直到遺失正確的聲頻
驚醒

水是潮溼的枕巾
乾燥的嘴脣是鹽粒
我想對你說不要走
不要走好不好
可是我已經看不見你的尾鰭

聽說你有了新的
離我很遠的質心
新的軌道和四季
原諒我說不出道賀的話

每一天
我觀望比柏油路更平的海面
想你還看海嗎
看海的時候會想起我嗎
想起我的時候
笑著嗎

再次回到那片海岸，已是一年後的事，海的顏色和去年相像，卻又絕對不一樣。坐在我們合影過的石牆上，才稍微明白浪的往復和潮汐的更迭為何能讓人輕易相信永恆，近海的淺灘一直是溼潤的，浪去了又回來，去了又回來。聽過許多失而復得的故事，就以為離開自己的也會回來。

據說現在月球正以每年三・八公分的速度遠離地球。

每經過一個季節，海就失去一種顏色，有時寧可故事從黑白開始，喪失就能不要有海嘯般的毀滅性。

失明之前我並沒有發現，海始終只有一種顏色。

聲納檔案 #2

引力

你也曾經因為多次寫同一個字，而開始質疑那個字的形狀嗎？海的聲音聽久了，就不像海了。愛一個人太久，你已經不是你了，你是別人的了。

水生動物

「一切的一切都是從海洋開始的，愛情也是。」——陳綺貞

1 ─ 企鵝

今早的新聞報導，台北敦南誠品即將在二〇二〇年五月歇業。它的燈點亮了整個東區，且從未熄過，你常在無眠的夜逃進那裡嗎？我們曾在那討論著展示架上各種書的設計與裝幀，想像筆下的故事應該對應什麼顏色的外衣與質地，並在同一個實木書架前為一本書的誕生喝采。是不是因為總抓不牢記憶，才如此懼怕空間的消亡？書店的消失似乎連帶地淡化了部分的你，你

也會有這樣的感覺嗎？我們留不住全部，卻也無法拋下全部。

往後五十年，將見證更多共同經歷的場景被推進歷史，卻無法真正忘懷。像我們默契地把彼此放進不再打開的鎖盒裡，又無法不對那次言不由衷的驅離感到懊悔，因為看出眼皮底下藏著凝結的鹽水，才會心疼你，又不忍回頭看你。

書店外頭有一個伯伯擺地攤賣彩繪石頭，大部分是鵝卵石，畫有格紋、斑點、曲線等等的幾何圖形，他仔細地為停下來的人講解石頭與象形文字的涵義，我蹲著直到腳麻，終於領會所有花紋的意象，最後買下象徵「祝福」與「快樂」的兩顆石頭，一顆畫有粉紅色與黃色的圓形斑點，另一顆畫著放射狀的彩色細線。

最後一個晚上，我雙手各握一顆石頭背在背後，讓你選擇左邊或右邊。

「右邊。」你說。我打開手，把象徵快樂的那顆遞到你手上。

「這顆代表什麼？」

「快樂。」

「妳的那顆呢？」

「成全。」

一直到帶著祝福離開，看著你變好，才知道成全和快樂是同一件事情，都是我給自己的提醒。希望你快樂，我只希望到這裡了，不會還奢望那快樂是因為我。

你知道嗎，企鵝在求偶的時候，會送喜歡的企鵝一顆精心挑選的石頭。

2－水母

據說水母的含水量有九五%以上，死後會被其他生物分解，溶解在水中，就像從未存在過，這是多少人夢寐以求的死亡？愛過了人，才知道不留足跡要比留下傷痕更加刻意用心。

Z，我經常在少數應酬的場合想起你，想起這世上存在著一個能與我無話不談的人，一個不必在意會否尷尬、失禮或占據對方過多時間，能從放風箏的草原聊到起霧的青木原，從你孤單的童年，聊到我受霸凌的經驗，再從眼前的泡麵有些過軟，聊到幾年前到日本旅行時章魚燒的分量與口味。也許是因為隔著一座山的遠，我們花了很多時間惡補彼此，交換過去二十幾年沒有參與到的生命細節，那時的我們談論過死亡嗎？

冬日的午後，聽葉覓覓導演分享拍攝《四十四隻石獅子》的過程，一位觀者問為什麼取這樣的電影名字。

「妳讀讀看呀。」

「我不敢念，怕念錯。」

「很難念吧，這就是我取名的原因。」

討論死亡並不容易，因為沒有任何一個生者能精準地論述死亡是怎麼一回事，未知令人好奇又害怕，不知道如何切割，哪部分能搬上檯面，又哪部分屬於禁忌，索性不說了，一進到星級飯店，四樓就像不存在一樣。

導演說她的丈夫是在四十四歲時過世的，說的時候，眼神裡沒有一點害怕，死亡在運鏡下像一個緩慢的過程，是落花，也是根。《四十四隻石獅子》是葉覓覓導演獻給已逝丈夫的作品，鏡頭把死亡談得很深，也輕，捧著遺照的手很輕，透視棺木的眼神很輕，輕得像她只是走在丈夫的後面一點點，而非天人永隔。

Z，你認為我們會如何死去呢？

如果過去無話不談的我們之間有任何語帶保留，那肯定是難為的情話。

關於死，我一直沒有精確的想像，只想過和你一起變老，即使我不知道變老是什麼樣子。

也許會因為長期攝取咖啡因而骨質疏鬆，得拄著拐杖走路；也許眼睛會因為藍光積累的傷害而病變，喪失部分的視覺，需要有人提醒我前方的門檻，為我念讀藥袋上的提醒。在幻想的老年生活裡，你是那個攙扶著我散步海邊的人。

這是很久以前寫下的答案，至今我尚未塗改。

Z，你心裡的那個我是否已經死去，像水母那樣死去？

3－金魚

少數相伴的日常中，我最喜歡看你在微弱的桌燈下捲菸，被口水沾溼的菸紙，使我想起那一年夏天的台北，一本《驟雨之島》被困在積雨的行李袋中，弄乾之後一直待在你的書架上，因為書頁皺起而看起來更厚了。後來即使再晴朗的日子，都沒有人再翻開過。

雨在大樹製成的書頁上都能輕易地留下痕跡，何況是脆弱的人，於是我不再怪罪這雙反覆潮溼的眼睛，它已見過太多離別。

水把日子填得很滿，以為足夠匆忙就能織出一張無懈可擊的網，平靜地替自己撕下寫著脆弱的標籤，以示仍有快樂的能力。情緒自網目中一滴一滴地漏，止不住也找不到源頭，流向一座新的海洋，上頭的浪來自你遙遠而巨大的引力。

昨晚我夢見自己變成一隻魚，壞了過去太好的想像。活在海裡並沒有想像中快樂，當其他魚談論著養殖場與大海的差異，像是自由，我不知道那是什麼意思，只一心想著怎麼搬回你房間的魚缸裡。

夢裡我上岸，省略感應卡片的步驟走進月台，一隻搭捷運的魚在夢裡那麼合理，我試圖在大賣場找一個圓形的透明魚缸，必須是透明的，因為我必須看得見你，如此一來你也能看得見我。

如果能和你一起，我願意一輩子不要知道海的藍色是什麼樣子。

站在人潮快速流動的捷運站出口，好希望誰可以聽得見，然後停下來和我說沒關係、沒關係。

新房

曾住在你手裡
任你放
任你抓緊

後來我們有了新的房子
不同的住址

膽量

我想我還是會。還是會不小心留意一首歌的某個和弦而代入你的聲音，或是讓不符現實的歌詞套用在你身上，為虛構的浪漫暗自竊喜。

遍地失望又映入眼簾的時候，還是會無法輕易騙過自己，是當時多少的不得已讓結局顯得刻意，又是多少的不小心構成蓄意。關於道別，我不能想得太多，如果遠離是我們的決定，就不該埋怨它令人傷心。

想穿越眼前這場大雨，卻只有一人份的膽量，屋簷太窄，你說讓我們各自躲雨。其實一直以來，我都不指望太遙遠的晴天，比起彩虹，我更期待你有和我一起淋溼的勇氣。

恆星

走得很遠
遠到以為抵達另一個星系
而物理學家輕輕畫出
垂直地面
穿越我心臟的虛線
說有一股引力
指向寂寞的中心

舊

和許久未見的高中同學晚餐，在捷運大安站步行十分鐘的地方，總是排著長長人龍的歐式餐廳。我們在隊伍中各自使用手機，等待、前進、等待、前進，當第八首歌的副歌開始時，終於聽到服務生救贖般的叫號，來過很多次的她們說這次特別快，三十分鐘而已，非常幸運。

高中時，從花蓮市區到學校途中會經過一個山坡，山坡的頂端有一家麵店，沒有招牌，有很好吃又實惠的肉燥麵，有時阿婆會送貢丸或滷蛋，我們幾乎每晚下課都會到那裡吃飯再一起前往補習班。某一年寒假，阿婆開始販售牛肉麵，我沒有吃過，一百二十元足夠我吃三碗肉燥麵，怎麼算都不划算。不過我想一定很好吃，因為從那個冬天開始麵店經常客滿，我們後來也都沒再去吃了，同樣的等待時間，寧可改吃學生餐廳和山坡下的速食店。八年過去，我們似乎都長出了耐心，這算是某種社會化嗎？

點了一份松露奶油燉飯，分量很法式，端詳著對面的她們，其中一個她換了髮型，是浪漫的及肩長捲髮，栗子色。

「剪頭髮囉，很好看耶。」我說。

她剪半年了啦，禮拜六又要陪她去剪了。坐我右手邊的她回應著。

這才驚覺，我對她們的印象停留在好久以前。腦中原本的設定是要開啟她與男友同居新生活的話題，但我沒再問下去，我眼裡的新都是舊的了。不知道的事情好多，且以無法估量的速度無性繁殖著，很可能她已經換了新對象，一旦她開始解釋她認為我應當知道的事，就會浮現難以直面的陌生感。

懷抱越多既定的印象越容易暴露早已陳舊的身分，看熟悉過的人在生命的調色盤裡像失去水分的顏料漸漸乾涸黯淡，真是一件寂寞的事。而那樣的寂寞卻不允許被討論，明明我們確實參與著它變敗的過程，像是默許它發生一般。

Z：

你仍舊比七星潭沿岸的浪長、比飛機拖曳的雲長、比赤道的夏天長、比極區的永夜長、比我皮膚底層的血管長，我這裡的你，仍是舊的。

你還一個人住在窄巷子裡嗎，早餐是不是還經常吃轉角的培根蛋餅配豆漿，有沒有變得早睡，菸戒了嗎？我無法親自向你確認，只能問你那也下著大雨嗎？問你正聽著什麼歌，但不問你畢業後將落腳何處開啓新的生活，不問你還是不是經常聽那一首歌。

《小王子》一直擺在書櫃裡，但我從來沒有看完過，直到今天。大部分的時候我並不知道怎麼走下去，無論如何調整步伐，依然走不出舊的路。

如果那個時候我已經讀過，我就能和你說：「別擔心，離開你的只是我的身體。」小王子愛上玫瑰的時候並不明白馴養的意思，

「後來才明白」這件事其實很傷心，我們都太笨了，太過小心。愛可能需要比相愛更長的時間才能證明，只是總有其他現實的考量削弱證明的意義。

都怪我收束的能力太差，總是沒能把信寫好，塞了太多無關緊要的，又不知道該從哪一個字刪減、從哪裡斷句。總是急著開始而不懂得如何結束，希望你不要介意。

寫過許多信箋卡片，知道紙的重量來自祝福，還是得在最後寫上一些，才不致被風帶走。

不管你此刻身在何方又即將去向何方，務必小心慢行。

背著你

幾個焦慮的清晨，我背著你獨自起床、刷牙、更衣，背著你小心翼翼地避免在踩踏地板時產生回響，緩慢對待每一個門把，輕輕地插入、旋轉鑰匙再輕輕地把門闔上，最後沮喪地確認你的眼睛仍然緊閉著，然後離開。這些背著你感覺孤單，卻又在你起身擁抱我的時候責怪你讓我感覺孤單的時刻，我都自責，也懊悔。我愛你，卻沒能表現出相對應的樣子。

不只一次企圖向你說明安全感低於閾值時歇斯底里的行為，自私地期望你能從含糊荒誕的解釋裡聽出什麼，期望在你見過地獄後，仍願意走進我這一座。

當決心再也不承擔任何依賴的風險，離開竟是我想到的唯一辦法。

說分開的時候，其實我的意思不是那樣的，我只是想告訴你，如果覺得辛苦，那分開可以是一種選擇，可以是你的一種選擇。

珍惜所反應出來的行為不一定是保護和把握，沒有能力照顧好就該避免珍視的東西壞在自己手上。

你會知道嗎，對於一個孩子，把深愛的芭比娃娃交給別人得要多強悍。

強悍並不是因為捨得。

地震

Z：

凌晨五點四十七分，又地震了，看著不小心鍵入的慌張沒有被讀取，你沒有醒來真是太好了。

地殼運動震落皮膚上的塵埃，我只是躺在床上任空間晃動，沒有多餘的恐懼能建構逃亡的理由，靈魂已經離開肉身很久。

相較於幾十年前，那個只能透過書信往返，且要耐心等上幾天才能得知舊聞的年代，如今在這樣漆黑的夜裡，只要翻身對手機說打給你，就能找到你，比起身開燈更加容易，你亦能用同樣的、甚至更少的步驟找到我。卻沒有人要那樣做。

午間新聞顯示雨季即將開始，外頭卻已先聽見雷聲，雨水撞擊屋簷的聲音理直氣壯地揭露氣象播報員的謊言。真相是雨早就來了，而且不會停。

但請不要擔心，我們仍能樂觀地想像雨停的時候，哭完夜就黑了，累就會睡，醒來天又亮了，還有打卡鐘在等著呢。你要放心，你的晴天一定會比我這岸來得更早一些。

但願下一次地震來的時候我已經學會逃跑，而你那裡有一處能夠收容。

有興趣

所謂懷念是這樣的，你會偶爾聽見冰塊飄浮在檸檬汽水上時輕敲玻璃杯的聲音，在它被打破以後。

據說是因為生於一九六〇的長輩們湧入了臉書的世界，因此一九九〇年後出生的孩子已經不流行使用臉書了，那個輝煌過的場域，像白蟻入侵的房間，像停過蒼蠅的小菜碟，人們喜歡切割和分類，以示「我們」有別於「他們」的優越。年輕的一代假以退讓，另覓新的祕密場域，即便此時身處的所在於若干年後亦將成為另一個被汰換的時代產物。

臉書是名片而非日記，是無形的供人免費閱讀的傳單，之於你，我和陌生路人的權限相同，我和他們都可以知道你的生日、學校、社團經歷，但感情狀態不能，你設定了隱藏，生活不能，你的日常都發布在更新穎的地方。

持續使用臉書儼然是落伍的表現，而我卻只剩這道窄縫能知道你甚少的近況，以窺探的姿態。

去年夏天我們在冷氣房裡的電腦前面討價還價著演唱會的票券價格，你說沒有座位的不應該太貴，我附和著說反正也不是一定要聽，結論是下一次再去吧，如果再有專場的話。偶爾還能在臉書頁面上看見你對某一場演唱會表示「有興趣」，我在一個人的螢幕前不知所措，不得與外人道的思路揭露演算法的殘酷與溫柔，我始終不願意承認仍在意著你，它比我比你都誠實。

若我盡可能地參與所有你點按「有興趣」的場合，是否就能夠再錯過你一次呢？見到你時又該如何假裝我沒有用任何假期和通勤時間作為代價，如何用不失禮的冷漠包裝不踰矩的巧合。我如此煩惱著永遠不會發生的事。

月曆還停在愚人節的那一頁，沒有重逢的標記，日子的倒數變得無憑據，對於分鐘、小時的感受逐漸變得模糊，也不為像是忽然逝去的季節感到可惜，明明在寒冷的一月，我是那樣期待地指著月曆嚷嚷，盤算著桐花和繡球花季。我們還會一起養貓嗎？還會如當時所願地，走進將變得不再新穎的手搖飲料店嗎？

大言不慚地預約未來的場景，總在不能履行以後才發現它們居然會失效。像橡皮擦的包裝上寫著保存期限十年，但最後不能再使用的原因往往不是因為用完或過期，只是弄丟了，找不到了。

當我們漸漸不再說話，各自的喜好是否將在失去交疊的時空裡被揑造成越趨相異的模樣，我將成為有別於你的「他們」，淪落為你青春時代的垃圾。

此時我仍看著你的臉書，顯示三個小時前在線，想你讀了哪些新聞和笑話，想你和哪個誰交談，想你。

單人套房

日系連鎖服飾店已悄悄擺上針織外套和圍巾，便利商店內的透明壓克力架上除了未回收的父親節蛋糕預購型錄，還多了中秋月餅的。冰箱裡的芒果布滿黑點，有的從黑點的中間凹陷，陷進果肉裡。

一個人生活要學會的事很多，其中一件是拿捏好水果的熟度，畢竟一組消化系統是裝不下太多芒果的。

沿著指針拖行
走過一座圓形的宇宙
回到相同的座標

只有身體知道
這城市的繁榮
已消耗在上個夏季

還不確定方位便起身
前行，回望，折返
找一個沒有的東西

除了不得已還有別的
使一個人用逃亡的韌性
持之以恆地愛著另一個
愛得太久的人

沐浴乳即將過期
卻始終見不到底
床墊上凹痕淺淺的
玻璃杯層疊著指紋
都是自己的

不再盼望天亮
陽光的角度再剛好
房裡的落地窗也映不出
兩人份的影子

台北印象

1

乘著往台北的列車，是行事曆上的最後一次，也是第七次經過你，卻別無選擇地只是經過你。

在社群軟體上發布捷運出口、書店、咖啡廳，任何足以證明我位於這城市的照片，藏在鏡頭的另一邊為了被你找到，再多情地假設你兩小時後在社群動態上打卡顯示遠方是為了解釋沒有見我的原因。

「妳什麼時候要好起來？」S雙手點擊著我不懂的射擊遊戲，視線沒有離開螢幕。

什麼意思呢，大概是像醫生一邊看X光片一面說，看你骨裂的程度，大概再兩個月就會好，應該是不用開刀啦，我們下週回診。

「這是可以計畫好的嗎？」我看著被鋁罐冰紅的手，只要眨一下眼睛，就會有什麼掉下來了。

做為一個患者，應該要能精準地推算痊癒嗎？

是不是直到算不清究竟是第八十六次還是八十七次經過你的時候，就能理直氣壯地說要開始變好了。

如果好的意思是對關於你的一切事物變得無動於衷，那麼我甘願讓時間碰撞、推擠，像壓克力板後方，一旦放開緊繃的彈簧就會被決定命運的彈珠。花比較多力氣不一定會去到比較好的地方，計畫都是自以為是的徒勞。

從一無所有走到一無所有，是前進再折返的過程，費多少力氣走到這裡，就不應該指望花比較少的力氣走回去。沿著來時的路撿拾被遺棄的，只是看著就感覺被安慰，畢竟持有的人才有遺失的資格，而我曾經是那樣不虞匱乏、能夠不斷失去的角色。把戒指摘下，打包你的毛衣和襯衫，寫一首拾荒的歌來紀念，知道你聽不見了，所以我唱得很用力。

大概是因為回程的路一個人吧，才相對漫長。

2

走在百貨公司外的人行道，兩旁的樹上布滿小小的燈泡，仔細一看，一些燈泡已經故障，但沒有人會留意，它們看起來和去年聖誕節時一樣美好。

要知道，本沒有完美這種事，我們勢必要戴著度數失準的眼鏡去臨摹愛的樣子，把可接受的誤差放大再放大，讓對白再怎麼不如預期也能落在假想的寬闊胸襟裡，把自己營造成溫柔懂得包容的愛人，只敢在心裡計算這一次原諒他的謊又退讓了幾步。

上一次走在這條街還只是二月的事，一個星期五，我們看了電影，忘了是哪一部，風還是冷的，如今七月了，卻比當時更冷一點。

每一個季節，除了負責花朵的凋落和盛開，還必須承載一些相遇，和一些離開。

3

經過一對又一對戀人身旁，心想你會不會已經和他們一樣，站在某個棕色長髮紅色眼影的女孩子左邊，以示你的占有和體貼，在捷運手扶梯上親吻，成為路人側目的焦點，在等一杯手搖飲料的時間裡不浪費地相互廝磨耳鬢，像我們以前。

幸好台北很大，只要疾走的忙碌的人們仍稱職地把我們隔得很遠，我便能不必為那樣象徵著終點的風景做任何防禦。

4

五月出差的三天，我分別在早晨和傍晚的尖峰時段，和陌生的人們共乘一節車廂，十七站，第一天早上我在捷運地圖上細數著。

台北帶給我的和其他城市不同，明明未在這落腳過，可是極度快樂和悲傷的都發生在此，每個場景、聲音和氣味牽引不同的情緒，指向同一個姓名。在捷運車廂中，窒息的感受如此尋常，眼前的女孩從背包裡拿出耳機，把其中一端遞給左邊的男孩，擁擠令我不得不參與別人的愛情故事，浪漫得令人欽羨。在和她一樣的年紀，用耳機連結的情感被我視作一個遙遠但可及的願望，可七年來我始終一個人戴著剛好的兩端。

他們背著一樣的背包，並肩下車，大部分的人和他們一樣，和你一樣。

我安慰著自己，要抵達終點勢必得目送別人先離開。

5

人與人之間身體靠近卻心理疏離，週五的下班時段街道擠滿了人，我獨身走過地下街、百貨公司、烘焙店，走過服飾店和居酒屋，走過你說因為店租與人事成本過高而即將或正在沒落的區域，想著我們的沒落是為什麼。

6

一位少女駝著背問隔壁的旅人：「請問還要多久才抵達夏至？」

在各站停靠列車上，是什麼讓她分心思考而沒有覺察廣播的人聲？

「We are now arriving Taipei.」那曾是她最害怕錯過的聲音，沒有人忍心對她說秋天到了。

我們不約而同地下車，巧合地走過同一個街區，那時下著小小的雨，我走在她後頭，水滴落在我們身上是相同體積，我只覺得冷，她看起來好痛。

7

斷開指與指交扣的連結，台北於我終究又是陌生的他方。

十月的一個週日在公園路的出口再度迷路，循著語音的指示，經過警察局、藥妝店，到你經常停車的空地，幾次你在那裡停了車，就坐上看得見海的列車，而我在終點處更衣、化妝，等它朝我駛來；另外幾次我們一起擠進狹窄的格子，你轉動鑰匙、熄火，拎著我的粉色行李袋，一起跑上電扶梯，穿梭在ＬＥＤ燈箱的告示之間，最後目送我步向往月台的樓梯。重述這些場景時，腦中的畫面已失去人聲，徒留廣播語音、腳步聲、剪票口儀器的讀碼聲，我聽不見也讀不懂你的唇形，究竟我們在月台前那條白又寬的長廊上，都說一些什麼呢？

生命中那寥寥幾次，你送我離開後，都一個人回來這裡，把零件還溫熱的機車再一次發動，回家的路上你都想著什麼呢，在那麼冷的天氣裡，適合想些什麼呢？

我在看不見海的夜間回程列車上都想著重逢。

聲納檔案 #3

台北

這原本是象徵重逢的聲音，將有新的事件給予新的詮釋，出差、旅行或老朋友，這城市的繁榮，已消耗在上一個夏季，後來的抵達，都只是經過。

最後一個鬧鐘

自清晨六點五十開始，每隔十分鐘鬧鐘就響一次，唯有七點半的鈴聲不太一樣，我想那是暗示著最後一個的意思。

後來有事北上，幾乎都借宿在N的租處，新埔捷運站三號出口步行十分鐘，方圓五十公尺內有美廉社和便利商店，買酒方便，還有許多鹹酥雞攤位，我通常會買五瓶啤酒和炸芋粿，有時候有玉米，N喜歡吃玉米，五瓶啤酒中有四瓶是N的。

今早看著她拖行宿醉的身體洗漱，從容地套上西裝外套、塗口紅，那是我少有的樣子。

我不在週三晚上喝酒，因為週四通常要喝比較多咖啡，出差則例外。

因為工作的關係，不能塗指甲油，上班時間不能擦香水，也少化妝，不必穿襯衫和西裝外套，反正外面得套白色實驗衣，大概是職業、習慣、城鄉差距，又或是其他細節在我們分隔兩地的時光裡或輕或重地刻畫，才使學生時代相像的我們變得那麼不同。

打擾過幾次以後，我已經熟悉往捷運站的路線，能走在她前頭。在玄關替N摺衣領時，我想起了他。

我回想著這城市裡曾經發生過的一切，想著我有沒有在哪一個路口錯過他即將遠離的提醒，像最後一個鬧鐘那樣幾近警告的暗示。

有沒有？

仙女棒

Z：

生日快樂，十月結束了，床底下收著那些承諾過但礙於關係搖墜而延宕的禮物，在心裡排演過許多次你收到的情境，見過可能的困擾、憤怒、漠視與憂傷，最後還是讓祝福過期了。它在床底下，維持著同一個姿勢，堆積著潮溼的塵。

原以為有什麼能連帶地畫下句點，進到下一個章節了，偏偏新生活卻挑揀不出一點值得收藏的事，所以總是往回看，想些值得想的舊事。

現在已過晚上十一點鐘，大概是某個神明的誕辰紀念，廟會的煙火持續了近半小時沒停，使我想起那個很好的跨年夜。

我們一行人在南濱的炮竹攤販挑了幾樣煙火，在海邊的民宿旁一一點燃，仙女棒燃燒的影片還躺在手機的記憶卡裡，猶記當時煙火在天上沒有規則地旋轉，我們四處逃竄，孩子般地笑成一團。謝謝你帶我認識你的朋友們，參與你的生活使我不明所以地感覺驕傲，也使我不再為你可能的孤單而緊張，無論往後我在何處，你遭受怎樣的困難，身邊都有一群那麼好的人陪伴你。

偶爾會和他們說話，每次都只聊幾句，但對話好像堆砌成另一個時空，在那個場域我可以很靠近你，雖然我們不曾談論你。你也正為了拋下什麼而努力著嗎？我努力過了，偷偷希望你的努力和我一樣徒勞，好讓我們必須一起記得。把想念都寫在信裡，如果有必要，你終究會看見的，我是這樣想的。幾次想問他們關於你的事，但我想如果有必要，我終究會知道的，我是這樣想的。

小時候，每到農曆過年，我最期待的是點燃仙女棒的時刻，家裡有十幾個孩子，一個人最多只能分配到一支。因為珍惜，我總目不轉睛地看著它燃燒殆盡。

那年你生日前夕，我們在一樣的海灘點燃一整包仙女棒，對比我的童年，這是一件多麼奢侈的事，對比現在也是。你讓我的二十五歲顯得珍貴，從未有過的、其後也不會有的珍貴。

重新看了許願時錄下的影片，我們都說過希望對方快樂，如今要各自實現了。你打算忘了的事情都如你所願地想不起來了嗎？他們說我還在等，我沒有否認。

我願意

月曆上被標記的數字
都變成黑色的
四月過去就
逐一透明了

你桌墊下的合照
仍像初顯影時
那樣飽和嗎
手機裡的並不了

模糊的熱感紙還依稀可見
我為你買的咖啡幾年幾月
用力過的日子
我們戲稱當時

當時你願意　我願意
現在我願意

暫時

你說暫時分開的時候，我只理解沉痛的後半部。

暫時是什麼意思？是不是像小時候媽媽說爺爺很快就會回來，後來便再沒有等到皺皺的手牽我過馬路，是嗎，暫時是永遠的另一個安慰的說法嗎？我的國文不好，不懂無限延長的刪節號，是不是句號的意思。

你沉默時候的眼睛，像是在說決定去一個很遠的地方，但行李已經很滿，沒有辦法騰出空間放入另一頂安全帽。在忍心的決定以後你也哭了，我有一點不確定，臉頰溼透是因為捨不得嗎，還是誰終於鬆一口氣而抑制不住欣喜？

你不只一次要我冷靜，像對著在瓦斯爐上沸騰的水輕輕吹氣。

「妳相信緣分嗎？」你問。

「相信。」我好想知道回答什麼能讓你留下來。

「我也相信。」我想我並沒有答對。

最後一次你躺在我右側，在你翻身時替你拉好棉被，在你走向我時把你的衣領摺齊，最後一次挽著手走過那條還來不及熟悉的路，努力記下這個城市裡你可能出現的地方，想著也許有一天還有立場可以來這裡見你。

走進車站時遲疑了一下，原來這裡的地板是這樣的花紋嗎？在這個地方和你經歷幾次重逢和離別，我似乎還未認識這個城市。

還不習慣這裡空氣汙染的燈號，一週的日晒天數，哪個季節颳風，哪個季節伴雨，哪裡有最好吃的牛肉麵、最物美價廉的水果，還記不得路名和車站到你家的路線，但我記得哪個地方我們說好要一起去，哪裡曾一起去過。

那一趟自強號開了很久，久至足以帶我去到另一個陌生的國度，望著窗外沿途的景色，我無法再用同樣的話安慰自己等待的終點一如往常地不會太遠，我們都技巧性地避而不談下次，不讓我期待，也不讓你為難。

把生命的維度縮小來看，一直以為這段分隔兩地的日子，會是往復於山景與海景之間，往復於擁抱的快樂和目送的不捨之間，沒有想到終點竟是這樣的。

不那麼用力地寫下完結，是因為愛，還是因為不好意思？

二月十四日

還是會說快樂
快樂是節慶之必要
說完祝福
被祝福是你一個人的事

我不清楚玫瑰花
但熟悉血的
同時也是約會時
嘴脣的顏色

唯有更愛
能夠把心撬開
我等不及把自己割破
卻沒有人要住進來

花

「一年過去了，有時候我會想，有沒有哪一個平行時空裡的我成功地和他繼續在一起呢？」

『有又怎樣呢？』

「我要想辦法去到那裡啊。死可以嗎，死亡能讓我去到別的時空嗎？」

種植一朵花的時候，你能選擇要使用哪一種土壤，圓形方形、陶瓷或玻璃的容器，仔細考慮要把她擺在陽台的哪一處。

你能埋下種子，靜靜看著她發芽、長高、含苞、盛開直到萎凋，你能參與她的任何時刻。

但你無法維持一朵花的盛開，那是花的事。

無能為力的要量力而為。

『死亡不會讓妳離他更遠，也不會更近。』

約定

小指能勾起什麼
在海把我淹沒以後
沉重和破碎的在底部暗湧
等待時間的捕撈

拇指印上拇指的章
像翻開過期的報紙
登載過的故事
不一定真實

約定是一種儀式
儀式像是
悲傷的丑角下戲以後
不一定要悲傷

變得擅長說謊
剖開晒傷的皮膚看不見骨頭
很裡面的地方
有你住過

輯二

末日之所以爲末日

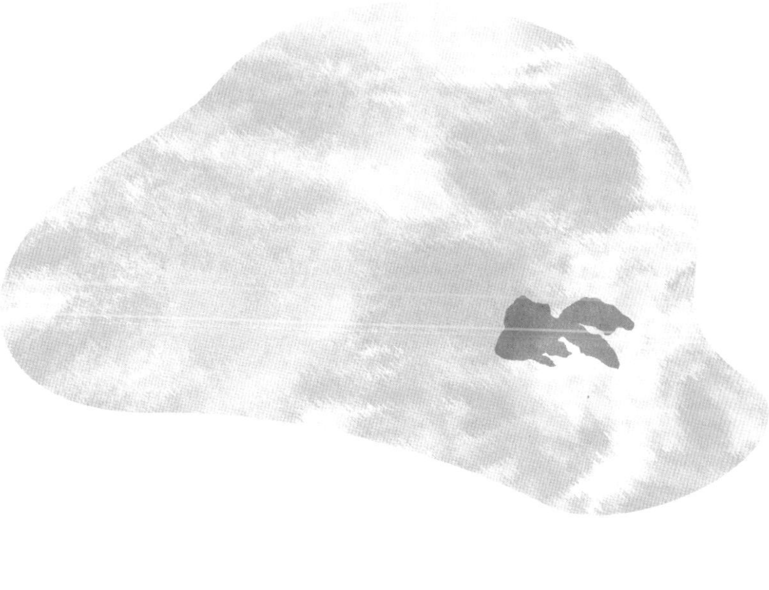

還以為我和你之間隔著的是海，游過就好了。

時光是深不見出口的隧道，重力的方向在遺失你的瞬間旋轉九十度，每前進一步，就往下墜一點點，加速度逐漸積累，死亡是可預見的唯一終點。可是比起死亡，我更害怕你對我的死冷眼旁觀。

想問問流星，如何能墜落而不感到痛？如何能一面消失，一面成全另一顆星星的誕生？

想問問你，如何能忘一個人如此輕易？

七月

夜裡的回顧都是寵溺，照顧著痴人等待的野心。

Z：

未深的夜裡，我們面前也許都有一盞檯燈，一杯咖啡，和一本書，你的那本通常艱澀難懂，我的只供娛樂消遣，而且並沒有在讀。

偶爾拾獲遺落床底的火車票根，背包暗袋裡過期的統一發票；回家路上鞋帶鬆了，彎腰繫緊，以我們習慣的纏繞方式。記憶的種子是否也在你新生活的某處散落並蓄勢待發？它們在我的心上盤了緻密的根。

看到一樣的數字又出現在手機桌面，才發現又過去一個月，沒有任何重要活動的標記做為開始或結束，假期的欄位一直是空白的，每翻開一頁新的月曆，又是相同的寂寞迴圈。

我經常想起那晚的礁溪市景，學生宿舍歪斜的床板，簡陋的合板書桌，四樓的陽台，陽台扶手上的蟑螂以熟悉的姿態爬行，除了牠的姿態，一切都相當陌生，包含你。

在大片的夜景和與黑夜融為一體的龜山島前面，告別的儀式重複播放著，這一次我沒有摀住眼睛。

我們從來就不需要時間給我們答案，你要是先填上了，我的答案就和你的一樣。

傘

下雨了
撐起虛有其表的傘
保全身體
卻仍溼透眼睛

沒有雨的雨天

一個極其普通的陰天早晨，二〇一九年春天的尾聲，我們在西門站一號出口道別，那時並不知道是最後一次。他把背包裡唯一的折疊黑傘給了我，說這幾天台北的傍晚經常下雨，要我帶著。好像在說，雖然沒有牢靠的屋簷，但能做到不讓我淋溼。

很多話只是想著，不能講，還在摸索挑揀字詞的方式，反覆練習，怎麼聽都是謊言。

三個字就能表達的，我總要花上好幾個凌晨寫刪塗改，終於完成一封三千字的信，卻都沒有寫到重點。彌封後穿越大雨的城市抵達郵筒前，又穿越城市的大雨原封不動地放回桌前。他不在場的幾個月，我是這樣沒有限度地浪費時間。

自從帶著那把傘離開，他便化為日與夜的齒輪，控制著我對季節的感知，失序的時間軸讓夜色更深，夢境被雨一般的眼淚截成一段又一段，重複著清醒到睡著的過程很多遍，鼻腔堵塞，呼吸困難，睡著的過程往往比睡眠本身更長。

止不住回憶的清醒，停不下哭泣的疲憊，我在兩種極端狀態間游移，煩惱變得少且單一，像是怎麼脫離、怎麼回去。不知不覺地，梅雨悄悄洩盡。陽光灑落，如電影般面對面側躺著的早晨，聽對方說夢見了彼此的畫面，沒有再出現過了，凌亂的衣物占據了雙人床的右半部，眼角到裙擺一直都是那麼溼潤。

Z，關於重逢，我只能寄望背包裡的傘了，再挑個特別晴朗的日子還給你。

我會記得和你說謝謝，謝謝你的傘，它維持整齊的摺線收束著，陪我走過許多沒有雨的雨天。

上岸之後

鹽粒埋在裙擺的皺褶裡，細沙服貼小腿的肌理，無論在岸上多久，都聞得見髮絲間海的味道。

颱風來臨時海上警報總會先於陸上，往後的日子，我都能做落後的那個了。據說這次的颱風會在東部登陸，專家預測雲層碰到中央山脈時雨勢會減弱並轉向北部，到時候很可能連中心位置都找不到了。新聞節目左側的跑馬燈顯示你的城市明天不必上班，我已著手準備明天的早餐，中央管轄區域的隔線隱約讓我們之間的渠道變得更寬一些。

後來的早餐都以兩天為單位料理，原本你的那份，都放進隔天了。

生活裡不乏殘忍的提醒，提醒我們都將有各自嶄新的生活，小至溫溼度和空氣品質，大至新的理想和伴侶，讓人難過的是，這都只是必然的其中一部分而已。

兩個同事先後離職，在無法預期終點的過渡裡，擔下了一些新的任務。「忙是好事，才不會多想，想多了難過。」他們這樣跟我說。不算是游刃有餘，但還過得去，學到不少新的東西，閒暇時也會做瑜珈、看書或寫寫詩。生活裡偶爾捎來好消息，看著通訊軟體的好友頁面想著你該是第一個知道的人。只是想著。

我是否曾經允諾
把整座海納進你的版圖
否則怎麼上岸以後
還做著溺水的夢

攤平未讀的訊息
你是唯一一個

我造的字符
總是最先察覺，最後點開且
不一定回覆的欄位

你不必明白我的語言
如同你的心思
讓你的詩像神
而我只是一介渴愛的凡人

海的目光都在月亮那
為她掀起前所未有的浪花
我把自己困在離藍色最遠的地方
待眼淚成河
匯流成你

途中

我還是經常想著要是你不回來怎麼辦，假裝這件事還沒有發生似地那樣擔心著。

凌晨三點五十分，我們圍坐在冷掉的關東煮和啤酒旁，八坪大的房間，沒有冷氣也沒有棉襖的舒適秋夜，從童年聊到青春，不知道怎麼聊地，聊到了遺憾。

「截至目前為止，你們的人生有什麼遺憾嗎？」S先說了自己的。沒有意外地，每個人的遺憾都圍繞著未果的戀情。互相喜歡但終究沒有更進一步的高中同學、因幼稚賭氣結束的短暫關係、還有破裂至朋友也做不成的，遺憾在記憶的冊子裡都擁有一個特別顯眼的標籤，是難忘的臉孔為我們貼上的，一翻開就自動停留在摺痕最深的那一頁。

唯獨我沒有說話，只是聽，更深刻難以啟齒的，它們還在變成遺憾的途中，像初長的骨骼那樣柔軟，不能說出來。

尚未發行的情歌

當有一天你不再做夢
另一個溫柔的聲線完整詩的韻腳
手裡的另一隻手
做那首尚未發行的情歌
更好的聽眾

你的笑臉
我初識甜味的糖
正不分季節地融化
我像隻忘了冬眠的螞蟻
爬過冰冷的雪國為了尋找

為了尋找而迷途忘返地奔跑
僅存的溫度正在流失
葬身哪一塊琥珀
並不妨礙你的春天來到

你在另一隻手的手裡笑著
替她的咖啡添糖
雖然聽不見你唱
但在很遠的地方
我為你鼓掌

八月

為了消耗假期，去到一個需要搭飛機才能抵達的陌生城市，那裡的繁華和物價更勝台北，我在高空酒吧的吸菸區，從手裡亮得突兀的螢幕中，在她的社交網站上看見你，那是你承諾過不會去的地方。二十一層樓高的風中經歷的幾分鐘，成為遠行裡最難忘的藍光風景。

莓果口味的酒那麼甜，都市的夜景那麼美，而我，我已經逃得那麼遠，仍逃不出你的版圖。

那是你的道別，我不該再假裝不明白你的隱喻。任何情感的滯留都沒有被察覺的必要，如同我們談論過的那封拒絕重逢的情書：「唯有你也想見我的時候，我們的見面才有意義。」——*

Z：

十九日總在發生傷心的事，從那以後，比起幸運數字我更相信不幸運數字的存在，這似乎稍稍說明小時候討厭質數的原因。

你是否曾來過我這裡尋找你自己，像我在她那裡找你。

整個夏天，我尾隨那女孩的動態像開冰箱取冰塊那樣頻繁，甚至能背誦她的社群帳號，看著愛人與別人的慶典原來是這樣的感覺，有點複雜，誇下海口的祝福其實偽善，到了兑現的時刻才慌張起來，為了掩飾慌張而更加慌張。

當她的日常與你的日常交叉編織成我渴慕的網，如飛蛾與惡火間的趨性，使我投身成為網中確知死期的蝴蝶。

漸漸地我已無法說出希望什麼不要發生，即使是在失眠的夜或一個人的澡間，根本沒有人會聽見的場所。

滑過一張又一張照片，美麗的沙灘有如災難紀實，你腳下的海水輕易淹過我的鼻尖，我捧著證詞，期望讀出一點誤解。想像你並沒有到過那片草原，沒有在那個海岸見過任何一艘船，亦沒有在誰因腳掌沒入流動的沙裡而站不穩時，拉她一把。想像在機車前座的、為她觸擊快門的、被她在後座環抱著的是全然陌生的臉孔，幻想一百種不同的結果發生的機率相同，讓真實的那一個成為第一百零一個，如此一來，什麼都發生了也什麼都沒有發生過，慌張中我推導了一個自我安慰的謬論。

你已經很久沒有看到蝴蝶了吧，未來你若有幸看見，她會只剩一隻翅膀。有個盲人曾經告訴過我，人之所以要有雙眼，是為了凝視愛人，蝴蝶也是。

這世上有多少人只剩下一隻眼睛，他們都是深深愛過的人。

我愛的人大概和他的愛人一起了。社群軟體的幾張照片說明一切，一個暖而不燥的傍晚，熱鬧的草原，和海，海上有一艘船，儘管鏡頭並沒有帶到他，但我知道他在那個令人嚮往的現場。我的嚮往總是令我憂傷。

快樂使我們妄言，唯有寂寞時候我們才肯承認，當時並不明白永遠真正的意思。

＊出自西蒙．波娃《越洋情書》（*Lettres à Nelson Algren*）。

末日之所以為末日

當草原成為你們的草原
手裡的風箏線便失去保留的意義

後來海洋成為你們的海洋
鯨魚集體擱淺
再聽不見鐵盒裡的貝殼
發出任何聲音

八月的城市上空
備齊所有颶風的成因
請告訴我如何在襯衫變得透明時
無視重擊胸口的雨滴

那天的她很美
謝謝，我有看見

不忘

我總是健忘
但我不會對待你
像對待鑰匙錢包手機

我會忘記很多
卻記得你

為你

一個晴朗的週日午後S拎著一袋番茄到我家，從門縫探頭進來，沒有卸下安全帽，只拉下口罩露出嘴巴，問我羅宋湯除了番茄還需要什麼材料。

「至少要有馬鈴薯和牛肉吧。」我跨上她的機車，坐上後座，駛向超市。

在整面開放式的肉品冰櫃前面，粉紅色的塊狀物躺在白色保麗龍盒裡，透明保鮮膜包裹著，我不禁想，將動物的屍體區分成不同部位，如脖頸、內臟、翅、腿，或切成骰子大小的方塊狀、絞成碎肉僅僅是因為烹調方便嗎，抑或是商人為使牠們看起來和生命毫無關聯的陰謀？

小時候我不吃魚，但切片的深海魚例外，因為沒有眼睛。五歲小腦袋的理解是——沒有眼睛的東西是不會感覺痛的，若要不帶同情地烹煮，勢必得去掉眼神和血跡，好讓人無法想像里肌肉裹著皮毛的樣子。掩飾是遺忘的一種手段，適用於餐桌和愛情。

那是一段空白的季節，我們在春天的尾巴留下最後一個擁抱，句點像個硬核般鑲在時間的齒輪中，扭曲了光的軸線，我如常地行走、工作，偶爾運動，可某部分的記憶卻像停滯了般，使夏天怎麼樣也銜接不上。於是我開始寫，蠻橫、拙劣地寫，意圖讓黑色的墨水填滿寂寥、掩蓋寂寥，卻使春日的粉色與後來的黑色之間產生極度不自然的斷面。

「後來寫的這本是關於他嗎？」S問。

這令我想起一位景仰的詩人曾在講座裡說：「我不為了任何人而寫。」那時坐在台下的我渾身發燙，反省著自己的創作行為是如此自利自私，我確實希望這些因為愛而被迫留在紙上的時間，可以被在意的人看見。

見我心虛地搖搖頭，S維持低頭凝視盒裝牛肉的姿勢笑了，我常懷疑她的耳朵受過某種類調查局的訓練，因而具備測謊的功能。

「妳不怕他看出來嗎？」

要是他沒有在意的眼睛，就不會看出裡頭有自己。

若是那個下午S沒有提著番茄來找我，那麼我的假期通常是這樣的，擬一串看不完的電影清單，總是只看到第二部的一半，寫日記，紙頁溼了就停，因此總寫不完今天。取一個玻璃杯加入幾顆冰塊，倒一些酒，醒來通常已經清晨四點之後，洗澡再躺下，但沒有睡著，在夢與清醒之間為前十二小時沒有作為的時光懊悔。倘若那幾個十二小時的時光可以重來，我仍想不到另一個不懊悔的消耗方式，假使他一直不回來。

越是想把生活過好，就過得越壞。越想做好一件事便越是無法做好，這幾乎是人類共同的魔咒。若有天我要為他熬煮一鍋羅宋湯，得要想像並不是在為他熬湯，才能把湯煮得好喝。

也於是我會狡猾地說：「我從不為任何人而寫。」

醜

我是混凝土掩飾的貧瘠
上頭有落果酸腐的汁液
和沾了唾液的菸蒂

我那麼醜
謝謝你別無選擇地經過
與踐踏
那是除了雨天之外
我唯一感覺活著的時候

取代

沒想到經過近兩百個日子，我的目光竟沒有一點位移，還牢固地繫在你的影子上。如果細繩般的視線顯形，一定是繃緊且一點垂落的怠慢都沒有的。像盯著逗貓棒的貓咪。X總說羨慕你。

我與X相識在夏天，話題始終圍繞著舊的人，雖然從來只有一則故事，但已夠我從六月說到十一月，他總是靜靜地像是永遠聽不膩，我也滔滔地像永遠說不完。有時在酒吧重複地說一樣的故事，他常安慰地說我將會變得快樂，對低限度的生活而言，快樂必要嗎？畢竟匱乏的我仍舊活了下來。每次結束他都陪我坐計程車，再自己走回家。隔天他會關心我是否宿醉、有沒有吐，也常說下次不讓我喝那麼多了。

九月的經期來得特別早，加上那時炎熱，我沒有來得及避開冰品。特別痛的那一晚，我捧著你給的熱敷袋入睡，不記得那一夜做了什麼殘暴的夢，醒來時熱敷袋被我壓在背後，入水孔和防水布間破了一個小洞，床單被漏出的水弄溼了一大片，滲進床墊裡。我當作笑料般地分享給同事，X輾轉得知我上班遲到的原因，送了我一個新的熱敷袋。

前往澳門的前一日傍晚，我請他順路載我去車站。從後車廂卸下行李時，我問要不要替他帶些什麼回來，蛋塔經過幾個小時的航行時間可能影響口感，杏仁餅滿好吃的，但不曉得有沒有含豬油，非洲豬瘟的防疫政策可能不允許帶回來，我不在的這幾天有想到什麼土產都可以傳訊息告訴我。

「什麼都可以嗎？」

儘量囉。

「那就帶更快樂的妳回來吧。」

從X口中說出這樣的話一點也不矯情，他溫柔且樂觀，把我的悲觀也連帶地平衡，我卻不明所以地感到心疼，可心疼的感覺從何而來，我尚不明白。

花蓮車站的改建工程就要完成，多了浮誇的屋頂、展示畫作的長廊，以及禮品店、握壽司店和只限外帶的咖啡店，售票處與出入口都換了方向，沒有變的大概只剩月台。在一切變身富麗且便利的同時，腦袋中裝載著重逢與離別記憶的花蓮車站漸漸黯淡，舊的車站被取代了，能夠傷害我的物件又被劃掉一項，我卻一點也沒有感覺慶幸。

我像是允許被新環境改變地開始使用電子票券，只要手機亮出條碼讓機台感應便可通行。拖行笨重的行李箱經過窄小的剪票口，剪票員看起來有些無聊，他的工作除了機台偶有異常或旅客票券有誤，大概只剩看著，看人流一點一點地穿越他管轄的防線，像罐頭生產線上方的監視器，毫無生機。也許再過幾年，他就會被能吸吐票券還能讀取條碼的機器完全取代了，這大概是工作了半輩子的他二十年前在榜單前喝采時沒有想過的事。

很幸運地，我搭上了海線的車，而且是東側的靠窗位置，坐定後，我一路凝視著海景，偶爾拿起手機攝錄。

「妳還會再那樣喜歡別人嗎？」快抵達羅東車站時，手機忽然跳出X的訊息。

大概是那個時候，我終於確認一直以來我所接受的並非友誼間純粹的善意，那些好，都挾帶著我無以回報的愛。他把自己包裝成「別人」，我太晚才看出來。

「不會了吧。」沒有遲疑太久，直覺地按下傳送鍵。還身處浩劫中的我如何能再掏出全部分量的勇敢，更遑論是把心意交付另一個人，我一直都沒有準備好邂逅其他人，儘管他對我的好無微不至。

我想我之所以心疼他，是因為心疼自己，在他凝視我的眼睛裡我看見了我凝視你的樣子，從他無償的好意裡，我更加確定人與人之間的情感究竟是複雜的，不是銀貨兩訖、給予和回報的交換，也不是所有空缺都能沒有縫隙地被填補，取代並不容易。

如果這是童話，那麼我一定可以扮演玫瑰而非狐狸，可又如果我真長了刺做一朵驕傲的玫瑰，那X大概體貼地像堅實的玻璃屏風，為我遮風雨，保護我免於鳥獸的侵襲，並安靜地陪我等王子歸返。當我焦躁地問他王子去了哪裡，他會耐心地對我說：「他去了別的星球旅行，很快就回來。」

還能為你做一些什麼

如果還能做一些什麼
像是調整風的方向
把雲匯聚至我上空
換你的城市晴朗乾燥

在你睡太晚的早晨
把指針撥慢
緩慢行進的客運中闖入你的夢
擦乾我溼透的影子

放開左手
讓出後座
把喉嚨裡的藏進口袋
只囑咐你記得帶傘

如果還能做一些什麼
披上寬容的斗篷
把鑰匙交到她手中
輕聲地說
拜託妳了，不必謝謝我

倘若旅行必須有意義

趕著在回程的班機上寫下還記得的事情，以確保記憶的新鮮，可每次想記錄一些什麼，總會一再驗證記憶耗損的速度，例如現在，我已忘了三天前在錦市場的黃豆粉糰子是怎樣的味道，忘了在咖啡廳吃早餐時那首日文歌的旋律，明明剛剛還在哼的。

寫下失去細節的故事像在邊緣模糊的色塊畫上不確定的輪廓，其中有幾筆是與事實相符的呢？大概要等到時光機發明的那天才能夠回頭驗證了。又或者其實在日記裡虛構情節，使快樂更加快樂也無傷大雅呢？

雖是各自離開了共同生活的地方，卻留下了許多帶不走的在原地，其中包含誓約，它們像從未被打開的房間，而我是其中一個握有鑰匙的人。開門有時候只見到連照片和壁紙也被連根拔起的白牆壁，或陽光透不進的一片漆黑，可是我仍想一一前去打開看看，期待神一時疏漏而忘了收走你的落髮、字跡，或杯緣的咖啡漬，好讓我指認斑駁的現況中哪一片碎瓷磚下藏有愛的歷史。

必須去一趟約好的遠方，確認你是真的存在過，只是離開了並且不打算回來。

我不擅攝影，留下影像沒有太複雜的意義，只是但願有一天可以將故事原封不動地說給一個人聽。

二〇一九年十月二十八日，寫於大阪上空。

Day1　保留

離開花蓮的時候，行李箱因為過大而沒辦法用機車載運，久違地搭了計程車。

目測計程車司機的年紀二十五歲左右，甚至更年輕，我聽他和同事用無線麥克風聊天，聊晚餐吃什麼，黑底紅字的錶從七十開始，以五為單位跳到一百二十，我問他多少錢，他說一百元。我想每個計程車司機都有一套自己的計算公式，而那錶大概和情人節卡片上泛黃的約定一樣，是參考用的。

旅程的前一天到台北住了一晚，是M替我訂的房間，抵達台北車站把青年旅館的名字輸進 Google 地圖，才發現曾經來過。

我還記得清楚，那次短暫在台北過夜是為隔天的簽書會做準備，那個傍晚我沿著編輯的指示抵達出版社的新址，即便北上多次，對台北的路名與地標的絕對位置還是全然陌生的，走出捷運站才恍然察覺，原來是這裡啊，出版社樓下的日式餐廳，我們最後一次一起用餐的地方。

還是難過了起來，但我已漸漸釋懷自己的過分敏感。明白某些歌之所以不只是歌，電影不只是電影，而日式餐廳不只是日式餐廳，它們的不凡之所以牽引著你，並不能說是因為我仍愛著你，而是我練就一種能力，可以不驚動世界地惦記你。

我可以為了保留，儘量柔軟地傾斜彎曲自己，使你不致從左胸口溢出來。我能小心翼翼地，像呵護著幼貓般盡可能地保留關於你的，儘管它們已冰冷且沒有呼吸。

星期三的晚上你很有可能在西邊的城市度過，大概是因為放心，確定不會錯過任何可能發生的重逢，我睡得很早。

Day2　善待

訂機票的時候想得太少，接過地勤人員手中的登機證才想起忘了劃窗邊的位置，坐在辦公桌前的忙碌時刻總期盼著每一趟飛行的風景，可又經常怠慢，沒有善待那些限定時刻才能做的決定。

走或留，都是那個五月才有權猶豫的事情，現在時間給了什麼，都沒有不接受的理由。我其實很清楚，與你分離之際的思量大部分被情緒支配著，多數不是實話，只是為了導向可能更好的結果而擬的台詞，也於是經常懊悔，其實我沒有更好的後來。

去程的飛機上，M把窗邊的位置讓給我，起飛時的桃園天氣很好，越靠近日本，天空越來越灰，似乎是被位於關東的颱風外圍環流所影響。降落之前看見雨滴因撞擊高速飛行的機體而在窗上橫向攀爬，形成細細的亮線，很美，沒想到旅行的一開始，或說是還未開始，就有了「要是你也可以看見就好了」的想法。

幾個月來，我像沿著颱風眼前進的流浪者，深怕踏錯一步就面臨暴風雨，即便身體早已先行離開，我仍不敢衝撞連心也離開你的後果，也害怕離開有雲層的地方，一切就會靜謐得像什麼都沒有發生過，如此想著，就足以說服自己待在原地。

終於降落關西機場，我和M都很渴，廉價航空的機票不含免費的水，我們分頭找水和食物，買了炸豬排三明治和醬燒牛肉飯糰墊肚子，那是我們旅途中首次和日本人交談。

「Microwave?」

「ごめんなさい。No microwave.」

於是我們冷冷地吃，空氣也是冷的。

你還經常買便利商店的微波食品作為午晚餐嗎？我總是囉嗦，說那不夠營養。我所記得的舊事仍是你的日常嗎？畢竟也要半年了，半年能看六次滿月、對三次統一發票、從春天跨到秋天，各自錯過一個情人節，半年能發生的事那麼多，我們孱弱的記憶又被滾動的時間輾薄多少呢？

隻身抵達這個約定好的城市，也是一個相對安全的決定，是我滯留颱風眼的證明，去承認還在意著你，也算是善待了我的在意。

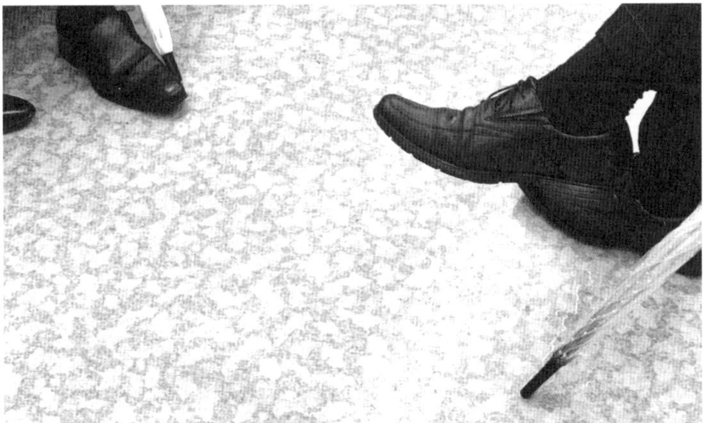

Day3 舊夢

晚安，不曉得今夜你在哪個城市失眠。後來的問候意義變得複雜許多，我已經不會再猜想它們是否仍被期待著，或被另一個人的問候所取代。

你會不會和我做一樣的夢？會不會和我一樣，經常聽見潛意識虛構的腳步聲，睡前盼望著床墊上另一個凹痕？沒能來得及告訴你，關於結婚的玩笑話被曲解進夢裡的情節，以及我為提前清醒懊惱了一個早上，因此打翻一杯熱咖啡。好想知道延續夢的方法，似乎差一點就能看到解答。

接近中午時我與M及E抵達環球影城，週

五比我們想像得還熱鬧，颱風還不夠遠，一入園就開始下雨，雨讓氣溫又下降了一點，帶的衣服不夠暖，忘了這個城市比台灣更早入冬。

每到冬天，我就想起你的黑色毛呢大衣上頭沾黏灰色毛屑的樣子，左邊接近手肘處尤其嚴重，來自我裹著針織外套的右手。

挽著你的樣子反覆出現在夢裡，一開始我是夢裡的我，視線所及是你微微自然捲的頭髮、盡可能乾淨但仍看得見的鬍渣、垂放的左手、左手上的黑錶、與黑錶平行的手鐲、擦亮的黑皮鞋、背包上的掛飾、摺線整齊的衣領，你的一切。

只是最近的夢不太一樣了，我像個旁觀者般看著自己，看著對街親暱的我們，接著那條街越來越寬，我與「我們」的距離越來越遠，遠到無法確認你左邊的究竟是不是我，那個「我們」朝著我這裡走來，卻像是永遠走不過來。

你的五官越來越模糊了，希望不要是忘了，只是因為遠而已。

我們抵達京都的旅館時已接近午夜，放好行李就往二十四小時營業的超市走去，買了啤酒、梅酒、下酒的折扣炸物與泡麵，旅館裡有簡單的烹調工具，把食物熱好時，冷凍庫中的梅酒也降到了剛好的溫度，那一天我們走了很多的路，那一餐是整趟旅途裡最好吃的一餐。

我喝得不多，只是喝得太快了，不知道什麼時候睡著的，猝不及防地又做了一樣的夢。

你的臉越來越模糊了。

Day4　籤詩

中午我們抵達京都最熱鬧的地方——四条河原町，在錦市場吃了黃豆粉糰子、咖哩可樂餅和抹茶冰淇淋甜筒，途中經過一間花店，買了白色和黃色的花，分別配成兩束，我與E各持一束，緩慢行進在京都的街道上，逛了許多特色文具店和紙品店，還買了明信片，卻不敢想能寄給誰。

當遠方的空氣從信封竄出逸散在你房間，你所感受到的遠方，也不再是我見過的遠方了。世界變化得太快了，這一秒與下一秒雲的形狀都不一樣，又何況是一整個秋天？要說有什麼是我能持之以恆的，大概是想念了，你知道，我有自信做好的事情並不多。

趕在傍晚抵達錦天滿宮，據說是祭祀學問之神的神社。小時候媽媽曾和我說，持香拜拜祈求神明保佑時要默念自己的姓名、住址、出生年月日等等的細節，祈求考試順利時最好附上准考證影本，否則神明要照顧的人太多了，會搞混的。

於是拿著剛求得的御守，閉上眼睛面對神像，向學問之神再確認一次你的姓名、學校、科系以及你想去的地方，請祂保佑你快樂。我想，自分開的那一刻起，你就已經被妥善地祝福了，還能為你做的只剩那麼少而已，但願手裡的小東西能平衡你的恐懼和不安，使你相信未來所獲都吻合你的投注與犧牲。

錦天滿宮設有一台自動籤詩機，兩個一百元硬幣可以抽一張籤，我選了「戀愛運」，其他兩個按鈕分別是「綜合運」和「婚姻運」。攤開後我只看懂「小吉」二字，E一面替我翻譯，一面陪我沮喪，內容大概是要好好充實自己做好準備唷！新戀情將會出現在隔年春天。還精確地提供可能對象的幾個特徵，血型若是B型則相當合適，A型也是不錯的，星座則配對雙子座、水瓶座和摩羯座，年紀則最好落在正負兩歲的範圍。原來當心之所向與神的指示相悖，會加粗想望的輪廓，清晰到無法視而不見。

當天晚上E回到大阪的住處，傳來幾張照片，是她把花分裝在寶特瓶裡的樣子，希望在這將要變得更冷的天氣，她能輕易地藉著房間裡的花束想起我們在異地度過的幾天，並從中擷取一些溫暖過冬。

離開日本的時候，我把那束花留在旅館的餐桌上，插在梅酒的長頸玻璃瓶裡。一直到回台灣，都不知道花的名字。認識你的時候也是，一開始就喜歡了，名字是後來才知道的事。

Day5　見證

今早與M帶上所有行李離開了京都的租處前往奈良，他把剩下的食材做成蛋沙拉三明治，還有小橘子和洗淨的無籽葡萄，我們隨意選了一塊草地便坐下來野餐。那趟電車是旅途裡唯一一次搭乘對號座的特快車，途中經過一大片芒花田，陽光的角度太好了，使我想起許多太好的事情。

大學與研究所在宜蘭生活的六年，每年都錯過草嶺古道的芒花季，直到去年十二月才真正在豆腐岩見到夢一般的白茫茫一片，當時攝下的拍立得底片仍躺在你的透明桌墊下嗎？那天你著墨綠色襯衫、我穿卡其色裙子，你牽著

我小心地躍過岩石與岩石間的縫隙。仍牢記我穿白鞋踩過泥濘時，你拿我沒轍的表情，每當細數這些非重點的故事細節，我都為龐大又深刻的記憶詫異，想必我高三考學測時並沒有盡力。

《牧羊少年奇幻之旅》中寫到，當你真心渴望某樣東西時，整個宇宙都會聯合起來幫助你。幾週前的二十六歲生日，我許了一個關於保留的願望，我想如果保羅・科爾賀說的是真的，那麼宇宙會為我保留所有星星墜落的軌跡，直至我換氣之前。

離開日本前的兩個小時，我和M在焦急地等待電梯與奔跑間度過，當時已接近最後的行李託運時間，我們拖著近四十公斤的行李，找不到受理的櫃台，經過一連串語言不相容的溝通，終於在拿到登機證時結束了這場海外驚魂。回程的班機不知怎麼地延誤二十五分鐘，停留的時間裡我們恰好碰見日落，在關西機場度過一個很詩意的傍晚，紅通通的夕陽和天空暈染出漂亮的紫色。

起飛時正好是傍晚六點，天色已暗，路燈在同一個時間點亮了街區的格線，那是我見過最無法重現的夜景。緩升至八千公尺的高空時，我隔著雙層玻璃窗用指腹感受對流層傳來的溫度，雲離我很近，只是光太微弱，外頭一片漆黑。但我知道雲確實在那裡，破了窗就能碰到的距離。也有幾個相似的夜裡我很確定，只要再醒得慢一點，我就可以碰到你。

這原是一趟因為有你同行而不論意義都要前往的旅程，如今不是了，我的執著仍引領我抵達。

無法避免地，想像的你與真實的你之間已產生無法估算的誤差，不能再倚靠舊照片想念你，而遲遲未實現的願望也已無關時間長短了。

我來到遠方的現場見證，的確，一切我所期待的事情都沒有發生。雖然聽來薄弱，好似摺成紙飛機一扔出去就會墜落，但若旅行必須有意義，我想這就是意義了。

不在這裡的人啊，一定是去了更好的地方了。

旅行

約定過很多地方
一些一個人也能成行的地方
那時候旅行的意義是一起
後來的遠行都未被定義

走失

社區公布欄上的貓狗走失公告，張貼日距今最長者已八年。幼時的牠們經過三千個日子，已長出毛髮形成新的花紋，指甲漸長、肉球不再是純粹的淡粉色，雙眼因水晶體退化而白濁，礙於疼痛而始終彎曲著的左膝關節，總是小心翼翼地懸著不碰到地面。孱弱的身體已不同於公告中的照片，牠的主人要如何辨別這副陌生的殼裡藏著他遺失的孩子呢？

她哭了起來，她何嘗不想念與他依偎沙發的早晨，他新生的黑色毛髮與毛髮的柔軟，想念他以笑容餵養的午餐與晚餐，以溫柔豐足她的早安與晚安。當想像都失真，如何仿效那有如求救訊號般的走失公告，從記憶擷取一張足夠清晰的影像複製成傳單，在西門町的服飾店門口發送？

「如果你有看見我走失的戀人，請聯繫我。麻煩你了，他對我來說真的很重要。」

謊言

「愛她嗎？」可能膽怯地連主詞都像省略那樣輕。

你從來不說謊，只在說話的時候替我摀住耳朵，聲波被掌心截斷的瞬間，我甚至相信了欺瞞是體貼的一種。

我仍經常問起她們，卻在反覆提問與沉默以對中漸漸變得不在意回應的真實性，其實謊言從來不會令我優越，但你仍然會說，我在聽。

我不曾是相信聖誕老人和流星的孩子，卻仍買了大大的襪子掛在床頭，在最應該觀看流星時閉上眼睛。

因為知足，所以相信謊言。

眼見為憑

昨日下午在雲端遺失了一個文件，後來再也找不到了，像水母的死那樣不留痕跡。原來消失可以是那麼容易的事，只要足夠健忘，疼痛或美好的發生都只是無人的森林裡轟然倒下的巨樹，若無法證明它曾佇立著、被群鳥停靠的樣子，說樹生來就是倒下的，也不會有任何人質疑。

生活像一匯入電腦就凌亂無序的照片檔案，七月和十一月的界線模糊，只能透過影像裡的衣著分辨季節，約略地推斷那是在哪一個夏天或秋天。對時間的感知變得遲鈍許多。增加劑量無用，換了新的藥，失眠的情況也不見好轉，新的副作用還來不及適應，又生了新的病。

在尋常的日夜更迭裡，腦中經常浮現以前的事，像重複曝光的照片，新的人和舊的場景重疊，我似乎在某些片刻終於找到原因，解釋為什麼你沒有留下，為什麼你已不在我的尋常裡。任何工作或娛樂都像虛度那樣漫長，像數羊，這一隻越過了柵欄，永遠還有下一隻。

每個白天都勉強趕上整點的打卡鐘，讓加班的週六早晨變成一週裡唯一能停靠便利商店的時刻，用來兌換很久以前寄放的半價咖啡。

不全然是想喝，有時只是為了消耗，害怕再久一點感熱紙上的字就要消失，將會無法辨識，到時候我也許會因為站在收銀檯前和店員爭論，而被後方排隊的民眾攝錄，因此躍上新聞媒體的一席版面。或是再久一點，這張價值一杯咖啡的薄紙，就會連著沒有中獎的發票一併被歸為垃圾，而且沒能覺得可惜，因為永遠不會被想起來。

我接過店員遞來的保溫杯，卻已經沒有買下第一杯咖啡時那種划算的感覺了。

五六月的發票開獎了，把三四月的又重新看一次，不看數字，在一疊薄薄的明細裡，回想我們在影院的吧檯前討論著要爆米花還是吉拿棒，鹹的還是甜的，我們都喜歡雪碧勝過可樂。回想停靠加油站時汽油的味道與轉角歐式麵包店的味道，風裡你吸鼻子的聲音，提醒了我櫥櫃裡僅剩一包衛生紙，在機車後座的我用下巴抵著你肩膀，說等等左轉去超市吧，衛生紙沒有了。

捷運站前方，一個又一個人經過我，我嘗試不去拆解眼神的成分，像數以千計的羊躍過假想的柵欄，牠們從未聚集在草原的另一側，黎明一至又是空曠的草原，歸零重計。陌生的臉孔將月曆翻了又翻，我停在同一個星期天，等一雙逾期的手替我把霧撥開。

雲端情人

在台北過了清醒的一夜，飯店的沙發上，我重新看了《雲端情人》，重複播放電影最後Theodore給前妻的信，睡意未至，於是我也拿起筆，在紙張的左上角寫下：「I just wanted you to know there will be a piece of you in me always.」。

Z：

最近發現電子信箱的排定時間功能，便決定寫一封未來的信給你，暗自希望你收到的時候仍留在原地，不過若你的步伐比較快，我不介意走在你後方。

十一月的尾巴，十二月的開始，受朋友邀請到一個市集裡，聽陌生的人分享他們的故事，並讓我為他們的聖誕賀卡填上祝福。令我想起電影《雲端情人》所建構的未來世界中，男主角 Theodore 的職業，一個浪漫細膩的「代信者」，參考客户提供的回憶物件，設身處地為客户的戀人、家人、好友寫信，還能以先進的技術模擬客户的筆跡，而後套上模板印刷，製作出完美的賀卡。

未來的人們都忙著什麼更值得的事情，以致必須犧牲為愛人寫信的心意呢？我想若有一天世界走到那個講求速度與效率的樣子，我仍會持續地、慢慢地寫，靜靜地期待你讀。

清晨四點半，久違的這一夜，我想起過去這城市偶爾屬於我們的時刻，唯有那些片刻，我們屬於彼此。

天就要亮了，你在這裡失眠過幾夜，見過幾次相同的天光？旅館的陽台外是一面磚紅色的牆，看不見角度過低的陽光，可落地窗一整面，像是生來就不怕黑那樣，靜靜地待在那裡。

你覺得窗户的使命是什麼呢？為什麼每個人像是迫切地渴望光落在初醒的白棉被上，卻又在窗上掛上窗簾？太陽也是會難過的。

我一直在這裡，靜靜地亮，背著你發光。

活該

以末梢為起點的壞死
從來不是因為神忽略了什麼
覺得冷是你學不會
留住愛人的方法

一根吸管或濾嘴的交換
從同一個插孔延伸的耳機兩端
牽引著的人
有愛卻並不一定流動

像是攤開手說
拿去吧
假裝那是全部其實
口袋裡還有更多

未完成的十四件事——倘若你回來

1. 看雪，五月和十二月的，合歡山和北海道的。

2. 帶二十四朵玫瑰參加你的畢業典禮，替你和你的父母親合照一張相，典禮結束後把花風乾在你房間裡。

3. 慶祝彼此生命的第一萬天，踩在你的腳掌上跳一支舞。

4. 除夕夜，往南的長途客運上，各執有線耳機的兩端，聽完陳綺貞二〇〇〇年四月發行的專輯。

5. 如果你在夏天回來，我們一起釀梅子酒，如果是秋天，就做蜂蜜柚子醬。我準備好食譜了。

6. 拆下脖子上的項鍊，你重新為我繫上，並承諾再也不拿下來。

7. 手寫一張電影的清單，沒有驚悚片，每週六晚上劃掉一部。

8. 旅行，哪裡都好，拖一個二十八吋的行李箱，我的裙子和你的襪子都疊在裡面，你坐窗邊，我坐你旁邊。

9. 娶我，或我嫁給你。

10. 看海，如果天色太暗，就用聽的，坐在花蓮南濱沿岸的石頭上，等待黎明。

11. 交換禮物，裝飾一棵聖誕樹。

12. 去一趟北海岸，趁老梅石槽還綠的時候。

13. 為你打領帶。

14. 我想十三個了，你也想一個。

想到生活即將變得毫無交疊，一生就顯得太長了。若是往後的每一個日夜存在的意義只是不斷驗證寂寥的巨大，我想不到一個必須活著的理由。

要是不回來了也讓我知道好嗎？

五百日

聽說你終於不再夢見了，真好。最近的夢感覺上離真實很遠，有時場景跳到火車站附近那間還在裝潢尚未開幕的咖啡廳，有時又跳到大阪往京都的電鐵月台上，當你頻繁地出現在那些不可能的地方，我竟只能用你耳朵上的痣辨別夢境，而不是眼神。

這世間上某些事情的發生特別有說服力，像重金屬樂團唱起抒情歌，像科學家的信仰，或野生花豹的馴獸師，還有你說會回來，我還能稀罕著一點可能。

酒即將見底時，M像是忽然想起什麼那樣，問我相不相信命運，我們在吧檯的高腳椅上談起宿命論、決定論和自由意志的不相容，座位在頂燈與頂燈的中間，昏暗的視覺模糊了聽覺，我只抓住幾個關鍵字。他提到「命中注定」的時候，我想起了Tom，《戀夏五百日》裡從小篤信命定之愛的Tom，他相信之所以能在擁有四十萬間辦公室、九萬棟商業大廈、三百八十萬人口的城市裡遇見Summer，是因為命運。是嗎？最後命運也驅使他們走向分離。

「妳想想看，也許自由意志真的不存在。我們今晚會選擇在這裡喝酒是因為島東客滿，島東客滿是因為剛剛進去一組原本要看夜景的客人，他們因為某些原因改變了看夜景的計畫，占走了最後的位置。這一切都環環相扣，都是注定好的，妳懂嗎？我今天點這杯長島冰茶可能根本不是我的決定。」他想要安慰我。

「也因此兩個人愛得多久，中間經歷多少快樂、悲傷、討好或欺瞞都在上一個時空就決定好了，上一個時空也早被上上個時空定義了途徑，你和他就是別無選擇地走到這裡，這不是他一個人的決定。」辛苦他傳達那麼深奧的道理只為了安慰我。

每次走出酒吧都覺得喉嚨異常困倦，我這次終於明白是因為必須更費力地說話，對方才聽得見。我反駁M，他說我不懂哲學，但我不認為用命運能夠解釋一切，一旦承認了遠離是無可奈何的決定，是否就承認一開始的接近也是了？

Tom 和 Summer 在第四百八十八天重逢，Summer 不避諱地向他談起那個讓她開始相信命定之愛的男人，眼神篤定。也許命中注定是真實存在的，只是 Tom 誤會了，Summer 並非他手裡命運之繩牽引著的人。

在高喊自由的感情世界，走得慢的那一個，終淪為恆心過剩的庸人。

Tom 從相遇到捨得共花了五百天，而明天是你的第一天，我的第五百零一天。

黑桃A被你放進行李帶走了，日子不會歸零重計，夏天不會被秋天覆蓋，相信命定的人，注定一直相信。

Z，你相信自由意志存在嗎？我想愛與訣別發生的時候，宿命其實掌握更多權限，但不論我們參與了結局的轉向多少，都並不代表五百個日落只是一段失敗戀情的縮影。我愛你從來不是一個決定。

輯三

孤獨者樂園

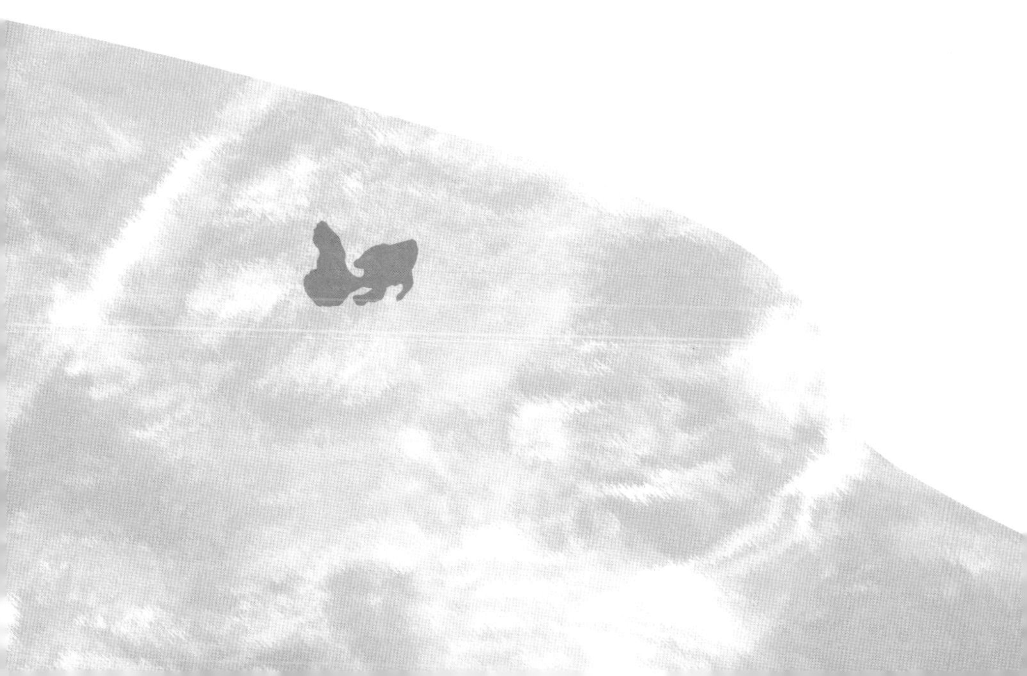

我做你鞋底一灘清澈的積水，你做我後方一面刮壞的鏡子，我們做彼此生命中最多管閒事的旁觀者。我們什麼都可以是，但不會是戀人。

你有個紅色的金屬製菸盒，上頭的塗漆斑駁，布滿撞擊留下的凹痕，見你打開過幾次，裡頭總不是滿的，像你總是損耗著的靈魂，那麼多女人消耗著你，我如何努力成為，也終究不是她們。你唇間火光的消長是依據著什麼呢？是否來自誰的缺席？我試著想像可能讓你點菸的憂愁，才發現我對你一無所知。

因著背包的傾斜角度，金屬盒的角落總堆積著些許菸草。你說再完美的捲菸，還是會落下一些，像杯子裡的水會蒸發，繫緊的氣球會漏，而靈魂會老，所有存在，都是無可避免的消耗。

想問悲傷也會嗎，怎麼我的眼睛不斷地消耗傷心，傷心都沒有變少？

失敗的收藏家

如果有人說他愛鳥的羽毛，那並不是真的愛牠。

不小心將愛與需要視為同一件事，將使豢養比自由更合理。

要是有一天我說要和你在一起，那並不是指放在同一個塑膠袋裡的蘋果，不是指熱水澆在即溶咖啡粉上頭，而是要你在大部分的飛行時間裡想著歸途。

人終究是一只想收藏羽毛的籠子，我也不例外。

一次性愛人

「我感覺我需要妳。」

C瞬間從泳池掉進了海洋，可她還是初學游泳的孩子，雙腿還沒練就穩定地交互打水前進，就必須先學會觀浪以預測路徑，練習躲避鯊魚的技巧，幾乎是罔顧生命的決定（也許並不能說是決定），只因為他說需要，她並非沒有聽懂，需要是容易取代的意思。

在這之前，他們見過四次面，兩次晚餐、一次圖書館，另一次散步在有星星的公園，結尾在他床邊早晨的陽光。若要說床之外有什麼親密的接觸，大概是用過同一根塑膠吸管喝同一杯乳酸飲料。

問他曾經有過多少女人，他微笑傾身吻了她，沒有回答。父母親認可的女人、為他寫詩的女人、喝酒的女人、一個月的女人、一次的女人，什麼程度才算數呢？他並非故意隱瞞，但那是考驗記憶和邏輯的數學習題。於他而言，愛有時是三或四個人的遊戲，七天的體力如何公平又有效地分配，才是應該花心思計算的事。床能是所有孤獨者的棲地，吸管不必更換，任何人都能吸、能含。

K帶領她走進另一個世界的脈絡，遵循著不論道德的新規則，不定義男朋友、女朋友，酒精、藥物、派對交織的連結可以隨時無聲斷裂，沒有延伸的親暱稱謂，他們從來就直呼名諱。

C始終做沉默的觀察者，不問他那裡的天氣，不問他的行程尤其在夜裡，不問每一個留言讚美他的女人，不問櫥櫃裡的卸妝棉、浴室排水孔的長髮，以及抽屜小鐵盒裡消失的六個在哪個夜晚戴上，戴上後進入誰的那裡。沉默能確保這些線索與她的不安無關。一旦變得有關，C將從旁觀者成為被害者，而她心中所定義的愛，也將成為如人行道上的菸蒂般扁平的東西。

關上燈，K跨上她的身體，她無法從他沒有的表情判斷這將是一場嘉年華或災難，她和角落成堆的空塑膠罐沒有不同，實用的一次性，被愛著的人有權不理會新的環保政策。

「我的確是你所想的孤獨的人，但也是個能愛你的人。」翌日早晨，他們輪流洗漱，離開了孤獨者的樂園。坐往公司的捷運上，C把訊息送出。又收回。

聲納檔案 #4

日常

與你的日常，重複著夢與清醒。以灰燼證明燃燒，以拋下確認持有，以不愛說明愛。誤解使我快樂，每個赤裸的早晨，我們最接近戀人。

貓遺失了好奇心

儘管曾是隻家貓
仍踏遍森林裡每塊土壤
微弱的方向感將使我迷路
卻堅持沿途不留下記號

迷途不必知返
瞳孔沒有節制地放大
抓牢手心的紙條
上頭寫有床的地址

你是否曾排練我們的吻戲
測量過靈長目與食肉目間
相愛的可能性

流浪為了短暫駐留你掌心
下一個主人在哪
我並不在意

善意

她明白這是遊戲，只是有時忘了規則。

「大部分的人並不知道什麼是好、什麼是壞。」Ｋ為回應Ｃ的焦慮而錄製的第一個語音訊息，與他形象相符的、磅礴的開場。

某個平凡的日子，Ｃ似乎跳脫了平凡，她的作品在臉書上被一個又一個虛構的臉轉發再轉發，因而被許多不熟識的人按讚追蹤加好友，甚至在ＰＴＴ八卦版和青年媒體平台上看見自己的詩作，後來得知該平台經營者是她朋友的阿姨的表妹的學生，網路世界究竟是讓人與人之間的距離近了或遠了呢？Ｃ幻想過很多次成名的情節，這轉折來得措手不及，短短三天，她的追蹤人數從兩千成長為四萬，雙眼掃過百則留言，其中一則短而銳利：

「這算詩？」

C在螢幕的這端困窘時，她與K可以說是陌生的兩個人，只偶然打過照面，她只知道他的名字怎麼念，不知道中間的字是什麼部首邊。他無形的現身像救贖，當然，C並沒有讓他知道她是這樣英雄般地看待他。

後來很多迷惘的時刻她都想起他的話，有時和那句話的涵義無關，牢記是因為K當時的口吻、使用的無形標點與換氣的位置。輕輕地回想，還能在腦中完整呈現他起伏的聲線、語調，與其中遲遲未萌發的親暱。為了平衡她的軟弱，那句話乍聽之下嚴厲，其實相當溫柔，幾週後想再點開來聽，卻見語音訊息過了讀取的時效。

每當K開口，她就感覺左胸口裡面有什麼正在翻騰，花了一些力氣繫牢浮動的臟器，同時替他的好意搬來了台階，安慰自己：「溫柔是一種善意，和愛意不同。」

活著

悲傷時聽冰塊敲響玻璃杯
紅疹自鎖骨蔓延至眼睛
疑似被吻過
像你讓我漂亮的時候

想念伴隨肺的擴張
橫膈與自尊的下沉
假裝紅是因為風
把煙帶進眼眶

冷的時候窩進炭裡
取最後的暖
意圖靠近死亡
以洞徹活著

苦瓜

K說，當他對某人留心，便能看透那個人的靈魂。這樣的結論想必來自不少的樣本。

那些與他談情的臉孔，都有好看的眉尾和眼褶嗎？他以溫熱的手指撫過的長髮和肩頸，都連著漂亮結實的身體嗎？靈長類這樣的視覺動物，如何能不為女人的體態評分，C的手臂與腹部滿布兒時胖過留下的妊娠紋，這又將使她失掉幾分？他沒說看見了怎樣的靈魂，只是後來，明明沒做什麼，C卻總覺得無地自容，在他面前不論穿洋裝或睡衣都像裸體。

他曾提過一個他深愛的女人，礙於職業，女人必須隱瞞許多事情，像是地址，她沒有固定的居所，幾乎兩週就得搬一次家，女人的行蹤是謎、與她交涉的人也是謎，那是她保護他的方式，K也不曾主動刺探禁忌的話題，一無所知並不妨礙他愛她。

她不使用網路，任何紀錄都可能使她暴露行蹤，他們只講電話。「有一次她忘記把感冒藥袋放回包包裡，我才知道她的本名。」神祕的漸進式探索是相愛必須的樂趣嗎？C反省著自己的過度坦白。

K的房間訊號微弱，那個晚上，他說要下樓撥電話，還來不及應答，門就闔上，接著便是越來越遠的腳步聲。C很想問問女人，除了她已無法重建的神祕感，究竟還得具備什麼才能被他那樣愛著呢？

「我才不相信他的眼睛真的可以穿越皮膚和骨骼透視誰的內裡。」看到苦瓜的模樣而不願意嘗試吃，和吃過苦瓜以後再也不吃，是不一樣的。理解以後的拒絕更是傷人的。

癮

我還站在你吐出的白霧裡等，等你。亮與暗之間，在暈眩中平衡身體，練習著迷讓你著迷的事情。

不懂得一根菸燃燒的極限，上一秒還燙著，輕彈就落成黑色的雪，火光的暖無法抵禦你召喚的冬天。攤開手，說過要放下的一點都沒有少，徒增指間的氣味。

總是盼望著，脖子也會瘦的，枯竭地活著太苦了。其實我羨慕你，被菸癮制約是聰明的，以勞動換取鈔票，再以鈔票換取食糧，走進平均密度兩百公尺一間的便利商店就能換到片刻的滿足，掌握填飽慾望的權利，才是正確的依賴行為。

「沒有香菸我就活不下去。」電視中，離婚的女演員吸菸比純粹的空氣更多，在一片薄霧中進行訪談，若將語句中的「香菸」置換成男人的名字，就顯得十分軟弱呢。吸菸是自給自足的實踐，萬一哪天病了，也快樂地過好幾十年了，相當划算。

不像我，錯把慾望的碗放在你面前，才餓了那麼久。

統一發票

晚餐與電影後，K帶著C回到他的住處，門邊的垃圾桶中有幾張電子發票，日期是三天前，連著明細和折價券，一點皺摺都沒有，像是從店員手裡接過以後就待在那裡了。

使C想起在前戀人的租屋處度過的、最快樂的那幾年。

一間屋齡二十三年的小公寓，樓梯的扶手用紅色的塑膠皮包裹，客廳的雕花木茶几擺著裝過喜餅的金屬盒子，他們習慣每天回家把身上的統一發票搜刮進去，整齊地疊好，並準時地在發票開獎的當晚一起拿出來對獎，那是他們都不會缺席的重要儀式。C始終有著小小的願望，像是旅行，雖然從來沒有向他透露想去哪個城市，但在她想像中的飛機和長途火車上，他就坐在她的身旁，無庸置疑。

半年後的現在，即使是中了統一發票大獎，也不會有人一起喝采，更遑論一起飛去冰島看極光。

就算是已經失去擁有願望的權利和樂趣的現在，她也從來不會將發票扔掉，她能自己完成對發票的儀式，想像一個人的環島旅行。她想問K為什麼不留著呢，又如果他不要，為什麼要帶發票回家？

C對於各自洗澡、蓋被、關燈、流汗、再洗澡的流程還相當陌生。那是他們第一次約會，雖然設置了假設性的道別，安置在日式餐廳的甜點後與公園的夜燈亮起時，可她仍選擇拾起句點，沿著慾望的指引抵達這個房間，並發生一連串如果說「我沒想過會這樣」則會顯得矯情的情節。

K點燃了菸。C像張單薄的發票裸身坐在床沿，似乎懂了什麼——他總是帶他不要的東西回家。

虛實之間

太靠近了，以致我看見的都是失焦的你。像泡泡紙包裹的商品，隱約看得見顏色但形狀不明，我重複點擊網路賣場裡的照片想像你，但不拆開你。

靈魂試著掙脫肉體，從耳朵、肚臍、毛孔，想離開被你摟著的身體，以客觀的角度在合適的焦距下凝視，去理解那些愛你的人怎麼後來都不得不恨你。

尋寶遊戲

「我不相信機率，沒有獎品的遊戲就沒有意義。」

K是個自信的人。自信的人大致可歸類為兩種，一種做任何事都有把握，另一種只做有把握的事。

他不把希望寄託在搖搖欲墜的高塔上，不參加尾牙的摸彩活動、年節家族裡的博奕遊戲，當然也不參與統一發票的對獎，拒絕和他人分享機率，他目光所及都該是屬於他的東西。

於是C把自己削得很薄，對折再對折，成為他口袋裡對折八次的地圖，夾進名片、集點貼紙與電子發票間，相疊、摩擦、不分類，期待他方向感的偶爾失靈。

最後與汗衫襪子一同被丟入洗衣機，浸溼、旋轉、絞碎。即便迷路有時，他也從未攤開，若非更相信直覺，大概是知道裡頭沒有寶藏的標記。

即使用光積蓄買下華美的殼，也無法遮掩自己低廉的內裡。她晒乾後做頑固的紙屑，黏附於他口袋內層的縫線旁邊，待他等捷運時的左手進入，是她乾癟與破碎的意義。

再錯過

只要不動
就會不斷遠離
像鐘面上重疊後的指針
它們有朝一日
我們沒有

玫瑰

C堅信維繫關係的方法是去相信所有不相信的事，質疑是鋒利的刀，拿不好也會傷了自己的。

C不久前追蹤一個女孩的社群帳號，K的好友之一，女孩有好看的臉蛋和身體，那是K的好友都具備的特質，或說是前提，然而C並不屬於那樣高素質的女孩，二十八年來幾乎沒回應過針對外表的讚美，也因為如此，對於能躋身他的好友列表，她覺得十分幸運。

K向她解釋因為忙工作而漏接電話的晚上，漂亮女孩發布的照片顯示正和他看電影，C這才發現他們沒有一起去影院看過電影。那部電影怎麼樣呢，他喜歡什麼口味的爆米花，還是更喜歡吉拿棒？配可樂嗎？也許那女孩會知道。在漆黑的影院裡，他們坐得很近吧，靜音的裝置因她的焦慮而亮起時，他有從口袋裡抽出來看過一眼嗎？

相遇至今四個月，她連他的電話號碼都不知道，了解的他只是冰山一角，能從一角中切出多少屬實的部分又是另一個難題。

每一次她不甘屈服就設想告別，冷靜的和歇斯底里的版本，面對面的和線上的版本。但句點是太大的圓，斷了的墨水延遲告別，無論誰對誰說了再見，總會真的再見。

草擬劇本的過程流失了很多水分，乾燥的玫瑰能觀賞更久一點嗎？是變得更柔軟還是更脆弱了呢，或許輕捻就化成玻璃。如果這世界上有誰能把棕色的碎片拼回她紅色立體的模樣，那一定是種玫瑰的人，而非買玫瑰的人。

K買下了整座花園，為了觀賞把玩，沒想過馴養任何一朵玫瑰。

芭樂

水果攤店員把地上的芭樂拾起，拖著因久坐而僵硬的身體，走近垃圾桶，其實可以更近但他沒有再向前，定身拋擲，披覆綠色粗糙表面的球狀物沿著拋物線的尾巴落入垃圾桶，垃圾桶中有一些鳳梨皮和長霉的蓮霧，撞凹的芭樂躺在它們上面。

他坐回座位繼續以十二秒鐘前的慵懶姿勢滑手機，沒有追究芭樂是如何從八十公分高的鐵架被推擠、碰撞，以什麼姿態和途徑墜落，會是那個戴口罩的婦人嗎，還是兩個相互追逐的男孩其中之一？

他不在意，老闆不在意，婦人和男孩不在意，最該在意的芭樂果農也不會在意。反正架上還有。沒有什麼是非誰不可的。

致此刻的戀人

C：

清晨被氣溫喚醒，貓在耳朵和肩膀之間的空隙蜷縮著，我打開床邊的暖氣，貓便湊了上去，像我每次回應妳的撒嬌而張開雙臂時，妳墜落的樣子。猶記生日卡片上妳親手寫的使用說明：「立冬時啓用，打開暖氣時務必想起我。」我經常弄錯順序，總先想起妳了，才打開暖氣。

妳有時像泡泡，有時像堅果的殼。某部分的妳敏感易碎，但在我沮喪的時刻，妳卻又無比堅強。我們相似又互補，妳有太多令我無法不喜歡妳的地方。我離開家鄉，穿梭在城市的獸籠中，感受靈感的累積與枯竭，生活的平靜與磨難，妳總能魔術般地從遠方遞來溫暖，照料我的靈魂。我像飛行的鳥，妳在降落的地方守候，使我感到踏實。

我也許未能收束那顆貪戀自由的心，無法時刻照顧妳的不安、緩解妳的寂寥，於是我們各自獨立，珍惜相伴的瞬間，我不要承諾促使失信的可能。我希望妳能感受到我們的不凡，一段未必得定義或歸納的關係，然而沒有禁錮或被禁錮的制約，都並不代表我不要妳，或不在意妳。

抵達愛，不一定會經過愛，你我尚在途中。

我其實害怕失去妳，但我也許不擅長持有任何東西，過去有許多人經過我，愛上我，最後帶著怨懟離開我，妳也會像她們那樣恨我嗎？

一月的長假裡，我期待下一次重逢。在這樣的清晨裡，寫了一首詩給妳，必須親自讀給妳聽。也許有天離別會是我們的決定，但至少今天不要，今天我只祝福妳快樂，請記得南港的河堤，總會有一列人造星星為我們亮著。無比遙遠，無比接近。

獻給此時此刻我最愛的妳。

K

致孤獨者

K：

今晨氣象預報顯示最低溫出現在你的城市，這個冬天似乎特別長，注意保暖，保重身體。大概是因為冷，我也想起了你，於是打開你的信，抱歉過了那麼久才回信給你。

常感覺你遙遠，並非物理上的。你對我說話總是那麼小心，連情話也有時態的前提。見過你給她的信上，用孩子的字跡留下永恆，才意識到我之於你是那麼短暫而渺小。

無論這段時光，我以什麼身分存在於你心中，很高興我們是這樣認識彼此，有時我仍感覺你是初次見面時那個孤獨、寡言又不易親近的大男孩，始終沒變，我曾在始與終之間的某些時刻給過你溫暖，那樣很好，不留痕跡很好。

既然沒有開始，我們之間便沒有什麼是不能結束的，對嗎？記得與你的第一個早晨，我們被對面的施工噪音喚醒。此刻，又響起機具鑿壁的聲響，我打開窗，看見鋼筋佇立在冷風中，細雨打在上頭，像裸露的牙神經，我依稀能感受到痛。距離完工還有一段時間吧，可我們之間似乎有什麼先結束了。

也許有一些難言的，你避著沒談，才總說害怕失去又不試圖留住我。會不會我所珍視的特別，只是你尋常的交際裡再尋常不過的一段？把薄弱的記憶點串成日記，寫得再鉅細靡遺，它們仍然那麼透明，你為日常填上了什麼背景色，我就溶進那樣的顏色。我不會要你看待我同我看待你那般，我明白珍惜是選擇，和擁有與否沒有關係，擁有了什麼，也能隨時捨棄。

一層層褪去你的繭殼，聽見你心跳平穩，包圍嘈雜熱鬧的人聲，我安靜地在周圍盼望，像她們的複製，你的其中一個收藏。你總說再等等、再等等吧。我曾聽信於你，未來之於我們，似乎總不是時候。我把期許，像清理書桌上的擦子屑那樣集中到眼前，最遠的願望，不過是一起看場俗氣的電影、吃頓不一定豐盛的早餐、坐在你迷戀的戰場邊緣，看一節籃球表演。五個月過去，神蹟並沒有為我持續的信仰而降臨，卻更堅定你尖銳的輪廓，那不適合太柔軟的身體盛裝，我可能還沒有那麼堅強。

K，沒有人能無條件地消耗，別無所求是謊言，尤其如果來自愛你的人口中。有些心甘情願是忍耐，有些人虛擲過頭才意識到浪費，才使得無以回報的愛慕最終變成詛咒。愛與恨並不對立，有時甚至並行，比較愛你的，最後都比較恨你。

然而這並不能全然怪你，你過於大方，只是並非所有女孩都善於辨別溫柔的質地，它像棉花糖，得要咬開才能知道裡頭有沒有草莓果醬。她們誤以為你和她們愛過的人一樣表裡如一，但你的溫柔裡不一定藏有愛。我沒辦法放心地愛你，因為知道太多偷工減料的祕密。

溫熱過許多雙手的掌心也會有冷的時候吧，如果你想取暖，我願意用失溫交換，當然，那是因為愛，我不會說我別無所求。手裡的棉花糖握了太久，就要融化了，而無論裡頭有什麼或沒有什麼，你都能放心走開，因為我從來不恨愛過的人。

謝謝你讓我住進你的詩裡，但唯有你也愛我，才有念讀的必要。以往給你寫信都精心挑揀，將實話遺棄在垃圾桶的紙團中，這次終於對你誠實，並不是為了博取同情，我不要你發現傷口而停止傷害我，我要有一天你愛我，僅僅是因為必須愛我。

我將永遠懷念這場未竟的旅行。永遠記得南港河堤的星星像你錯誤的指引。

C

輯四

微小疼痛收容所

閱讀須知：

1. 蒐集十二則言不及義的、欲蓋彌彰的提問，將集體疼痛的脈絡攤平，空間中藏匿的字詞，皆來自一座又一座地獄的磚瓦。

2. 提問不一定有解，時間因你追尋解答的迫切而變得珍貴。

3. 倘若被其中一道陌生的光映出影子，而清晰了自己缺角的輪廓，也請不要過度害怕，正因為不平滑，才得以停下滾動的庸碌生活然後遇見誰的不是嗎？

4. 凝視他人可以是愉快的，但凝視鏡子並不，這不是一場絕對快樂的閱讀體驗。

5. 免費提供被窩、面紙、河堤、人造雨（可調整水量）、隱形斗篷（戀人經過時自動生效），以及足以包裹哭聲的環境音，這裡是永遠允許哭泣的場域。

＊微小疼痛收容所成立於二〇一九年八月。靈感源自法國藝術家蘇菲·卡爾（Sophie Calle）的攝影集《極度疼痛》，原文書名「Douleur exquise」是一個無法翻譯的法文詞彙，在醫學上，指局部的劇烈疼痛。

＊「永遠允許哭泣的場域」一詞靈感來自魏如萱《不允許哭泣的場合》專輯。

軟弱

我很清楚前方有什麼危險，卻沒有停下來。前進不是慾望與恐懼衡量的過程，僅僅是還來不及思索各種好壞的後果，就著身體的決定。

我奮力地向著懸崖跑去，他很可能就在那陣霧的後面。

／

醫生說很痛的話就舉手，我嘴巴張著，盡可能不含糊地應一聲：「好。」接著金屬器械抵著右後方的臼齒，發出尖銳的聲音，瘦瘦的呢，但還可以忍耐。有點痛但還能承受更痛，這時候應該舉手嗎？

我很抱歉上一次投降得太早，如果還能重來，我願意任你傷害。

情人節

他留下的東西不多，一件灰色毛衣、一條鵝黃色的毯子和一張情人節卡片。卡片我重讀了很多次，在長途火車上、捷運上和他經常等公車的地方。不含標點一共兩百四十個字，像一本讀不完的長篇小說。

／

你努力地把今天看成星期三或禮拜三，沒垃圾車的日子，父親節的前一天，鬼門開的第七天，距離中元節還有八天。

兩週了，看韓劇躲不掉戒指的廣告，索性關閉網路，巧克力促銷活動的簡訊從你孤單的縫隙鑽入。第二杯七折、買一送一，獨身在雙數的優惠活動中顯然相當弱勢，在同一片夜空底下無數的煙火綻放，照耀著所有人，可歸根究柢是別人的燦爛，如何不反觀自己的格格不入？像極了一年二度的思想審查，二月一次，七月一次。

刻意走在人少的街道，試圖找尋孤單的夥伴卻不如預期，少少的人仍是成對行進。此時有人靠近你，笑容裡不帶惡意，但也不是純粹的善意，回過神你已接過她遞來的菜單，她說右下方的折角可以換前菜，你很仔細聽她說話，你已經很久沒和人說話，半年沒有回台南的老家，上一個通話紀錄是五天前，熱情的保險推銷員。你想知道眼前的女孩是不是也一個人過今天。

她緊接著流利地展現完美背誦的口號：「先生你好，現在享用雙人頂級海陸套餐送兩杯香檳，加點A5和牛只要七百元，把合照上傳IG打卡還能拿天使紅蝦兌換券下次用餐可以使用，參考看看喔。」不帶一點感情，大概是因為已經很久沒有聽到帶感情的話，你覺得有點想哭。

再過六小時今天就要過了，過了今天就是父親節，鬼門開的第八天，距離中元節只剩七天。

自動販賣機

我認識了一個男生，和他一樣的天蠍座O型，摺線清晰的雙眼皮，藏著靈魂的眼睛，一樣喜歡村上春樹的小說和是枝裕和的電影，他也記得我不吃香菜，會在我加班的時候說要送晚餐來，我一樣會說不用，但我沒有像喜歡他一樣喜歡他。

不知道為什麼日子過得越久，我就越來越不能怪他，大概是知道我沒辦法愛上後來遇見的人，就像他一直惦記著她那樣，所以我能夠體諒。

／

生活中不乏好意，可我的給不出去。

活像台老舊的販賣機，只能辨識舊的硬幣，他經過我並試完錢包裡所有十元。見他失望，我說我壞了但其實沒有，只是在等誰手裡的那個。

三明治

音樂、電影、小說、夢境，沒有對話、擁抱、親吻、撫觸，這房裡發生的所有只要一個人就能促成。孤單沒關係，因為我相信你，所以相信她一定是很好的人，好人都值得快樂，值得他人的奔赴。聽說你們已經很好的時候，我感覺自己像個英雄，離開終究起了作用。

／

你持續使用著爭吵時慌亂墜落致螢幕碎裂的手機。

九月出差南下，距離發車只剩三分鐘，你在火車剪票口前反覆感應條碼，撞擊處的壞點卻使電子票證無法被辨識，卡在閘門與閘門之間的你動彈不得，背後快速地列出等待的隊伍，他們發現你的尷尬，尷尬得像那時房間裡的我們三人。

每回想起那場景，都不禁聯想到把全世界喚作帥哥美女的違心早餐店，早餐店阿姨手工製作的減料三明治，三明治裡頭偏心的巧克力醬。吐司的原料是女孩，你塗滿她的那一片，用我的這一片蓋上，我沾到了一點，就如獲至寶地以為那是全部。

到了難堪的最後，沒人打算假裝憐憫，惡意的膨脹使空間狹窄了起來，只聽見我的哭聲微弱、腳步聲躊躇、門把轉動的聲音與門闔上的聲音。

恍惚間我隔著兩層樓的距離，聽見床板因晃動而發出的尖銳摩擦聲像你們的喝采。

文學

我經常想像一些生命裡遲到的畫面，靜謐的週日午後，有一隻狗狗、有陽光、有海、有我、有你。

有一天。

／

見過真正好的文學，要是含蓄的，要用四季、蟲鳥和山海做長長的鋪陳，像童話裡的城堡，位在森林的最深處。然後用最少的字，像手執斷水的筆那樣，隱晦而隆重地寫下祕密。心意要像隔著窗簾的月光那樣隱約，像包著泡泡紙的禮物。

可是一旦提筆想寫下你，就頓時遺忘所有學過的文法和詞彙，拙劣地包裝又拆解，新增又修改，藏不住自己，怎麼寫，都是我愛你。

暑假

如果你口中的離開和前行指的是同一件事情，我可不可以只選擇一個聽？

／

對暑假還沒有打算，七月就來了，不知所措的既視感來自你走的那天。好久不見了，今年也打算去環島嗎？現在已經不流行使用臉書了，我卻只剩這道窄縫能窺探你的近況，最新的想像停在五月時你為了抽 Switch 而分享的貼文。

點開舊照片，食指與中指貼上螢幕，靠近、劃開，再靠近、再劃開，把照片放大再放大，直到你的頭髮都變成鋸齒狀，仍讀不到現在的你快樂嗎。

每一次，當你打開通訊軟體發現沒有我的訊息，並不是因為我不想念你，而是我成功地制止了誠實的那部分自己過於誠實的舉止。你是否也和我一樣正謹慎地從皮肉裡抽出割人的記憶碎片呢？如果是的話，就更不應該淪落還拖你一起。

白雪公主與灰姑娘

他們說分開只是身分轉變的過程，從失職的愛人成為稱職的陌生人。我還需要一些時間揣摩正確的角色，飾演疏離並不容易。與你的通聯紀錄被推得越來越下面，能說話的理由被時間的刀削得很薄，我尚未想到一個符合新關係的稱謂作為打擾的開頭。

／

從前從前，我的腳掌踩上你的，以為歌只要不停，就可以一直跳舞。跳舞的時候你的手心疊著我的。愛著你，等同我愛著我自己。

從前，我把蘋果握在手裡，以為看顧著就沒有壞的可能。後來掌心長滿了黴，發臭黏膩的汁液從指縫滲出，流到我的腳踝。
我走近你，要遞給你。卻見你捏著鼻子說：「好髒。」

適合想念的時機

你最後只說對不起，像電影播放時走動的黑影擋住關鍵的一幕，錯過便再也看不懂。我從沒問過你做錯什麼，畢竟無論如何我都會原諒的。希望你記得，忘了也沒關係，希望你同樣想念，沒有也沒關係。

／

我倚靠著想念的濃烈點菸，在呼吸的時候一併練習，從夏天到冬天，無袖洋裝和圍巾都沾上了氣味，時間推著念舊的人從黃昏走向黎明，又從黎明走向黃昏，像一輛往返南北的火車，行駛於鑲著原諒的莫比烏斯帶，靠近與遠離、消耗與填滿是同一件事情，這趟告別之旅，沒有終點，沒有真正的抵達，時間即將再度推著我從冬天走回夏天，為了繼續等下去，我必須一直原諒你。

我終於學會不動聲色地想念你。在行駛和等紅燈時想你，上班和吃飯想你，下班和洗澡想你，睡著或睡不著時想你。想你的時候提醒自己不可以。

破碎的物件

我太自負，不該違心，更不該誇口說沒有你也沒所謂。生活裡過多線索供以指認你存在過，想起你太容易，只是想你並不容易。回溯難堪的終點令人悲傷，當思緒無意識延伸的同時，我有意識地阻止場景和對話的傳遞，我不能再多想你了，不能反覆徘徊在，是誰先放棄了誰的，這樣的問題裡。

／

血清瓶從一公尺高的我手裡掉落的時候，除了重擊地板的低響，還有玻璃碎片噴濺至金屬架子發出的清脆聲音，和胸口迸裂的震盪如此相似，聽來帶刺，勾起一面又一面記憶的綢緞，我閉著眼睛穿過它們，一眼也沒有看。

夜深關燈前，瞥見腳踝有水珠，順手拍了拍，稍稍質疑那陌生的固態觸感，直到紅色的水流下來，才察覺是玻璃的碎屑，稍微用力，纖維已刺進皮膚裡。

有時我必須藉疼痛確定我正處於現實，否則會誤判太好的夢境，會失望怎麼你就在眼前，卻碰不到你。

夏天就要到了，紫外線燒灼如往年，眼看著浪就要把沙灘吞沒，誰也沒有伸手阻止事過和境遷。原來當一個季節承載了太多可惜，回到相同的時令也是會令人害怕的。

重慶森林

他很喜歡白色，他的保溫瓶、手錶、筆袋都是白色的，衣櫃裡的上衣，除了上班需要的兩件深色襯衫，其他都是白色的。分開以後才仔細看了他的IG（後來也檢討了是不是以前太漫不經心，雖然早一點發現並不會改變什麼結果），他們分開時他大概只記得刪掉合照而不小心留下了那張照片。二〇一四年七月十九日，照片背景是瓷磚地板，放著一雙白色的運動鞋，他寫道：「喜歡白色，因為喜歡白家寧。#nikeairforce1」那是她的名字。

我從你扯出的裂縫中認出自己。

「是自卑又好強的人啊。」

脆弱而不敢袒露的模樣滑稽，披上假的寬容，到了白天就耗，耗到夜裡就哭。

他沒有錯，沒有人應該為不夠溫柔而受責難，喜歡鳳梨是選擇，喜歡鳳梨同時喜歡蘋果是另一種選擇。

婉拒所有覆蓋同情的問候，就算我很可憐，我也只需要他可憐我。

優先記憶

也許你並不相信，但我從未為遺忘做過任何努力。

／

你的遞補永遠能夠優先，並汰換掉所有次級的記憶，我可以忘記亞佛加厥定律、第二次世界大戰的年分，忘記〈奇妙能力歌〉怎麼哼、G和弦的指法，忘記九九乘法表、甚至忘記回家的路，如果空下位置能牢記一些關於你的事情，我願意。

倖存

我的生命領先她三十六個季節，在第一百二十八個季節我們相遇，第一百三十四個季節錯身，相互陪伴卻沒有讓彼此變得完整。

她依然是初見時那隻漂亮的蝴蝶，從未改變，沒有因為遇上了我這樣不起眼的白花而變成不起眼的蝴蝶，她吸食我的蕊，也貪圖別人的蜜，她為我旋轉，也為別人跳舞。

／

美國一位靈媒曾預測世界末日將在二〇二〇年抵達，在那之前，我們先後經歷了各自的冰河時期。

他在夏天未至時把傘送給了我，成為了每一個雨天憂傷的預言，挾帶水氣的東北季風吹亂了時序，揭開我的永夜，在沒有光的深海裡，我學會了用鰓呼吸。

而她在冬天來臨前離開了你，來不及換季，天忽然落下大雪，你在厚厚的冰上等不到戀人的炭，見你說痛，我說我好像見過，在六月每一個早晨的鏡子裡。

末日的來臨猝不及防，時間是狡猾的小偷，偷走的東西遠比我們想像得還多。短袖都收起來了，海的藍色仍舊飽和，人卻散了。我們裹著厚重的雪，揣測著、窺探著離開的人，一面發抖一面呢喃，有多希望他們好，多希望他們不好。

你涉世過深的輪廓中，填滿孩子的血，風箏線被你放得很長，斷了但那並不是誰的錯，鬆手是因為寬容，風箏知道。

你擅長站在愛人的後方，用眼睛讚美她的舞步，她也曾那樣看過你，你不可以忘記，要相信底片說的實話，風景失色有它們各自的原因，即使保存得當。愛的長短是決定論。快門聲留下的很多瞬間，會經常鬼魅般地顯影，冷的時候尤其清晰，你會哭上幾場，然後回歸正常。

不合時宜的約定勢必要隨著融冰遺棄的，把藍圖畫得太滿，是戀人的壞習慣。你一定也說過很多，有些放在心裡沒有說只是想過，承諾的時效究竟是由說的人決定，還是聽的人呢？不必為了給不出什麼而懊惱，因為想給予的心意比手裡的東西更加重要。

左胸口的空缺有時只是製冰盒裡漏裝的一格，填補何其容易。把時間走得太緩，才以為取代太快。將有新的她照顧好他，也會有新的他待她好，別忘了我們還有溫柔，那一點世界毀滅後偶然的倖存，足夠讓我們好好地活下去。

世界很大，宇宙很大，不會只有你一個人寂寞，你要記得這個。

聲納檔案 #5

傘下

但願有一天，能在這樣的雨裡，同一把傘下，向你解釋這些年來你缺席的故事細節。我會盡量過好，你也要。

後記　你忘了一件事

1

「忘掉女人最好的方法，就是把她變成文學。」

——亨利．米勒（Henry Miller）

怕冷就把扣子扣上，尤其是最上方那一顆，怕忘記就寫下來，怕想起的時候不要讀。文字是指認的武器，像用羽毛輕撫軟肋。把故事虛構得更好也可以，傷心的就不必，沒關係。

2

愛是世上少數時間沒有辦法改變的東西。

曾經期待這本書能有別於過去，扮演人生道路上的轉折，一個跌倒站起來敷藥而後痊癒的過程，嘆一口長長的氣說終於，終於能在孤獨的汪洋裡學會不失溫的方法，並為長年在濃霧裡動彈不得的自己指出逃離的方向，甚至能溫暖地回應薄情的世界，可是沒有，我做不到。

被愛著的時光裡，新長出的毛髮、滯留的痘疤與晒痕、因幸福而增生的脂肪、血管中不斷汰換更新的血球、不知不覺改變的掌紋、凝視那個人的眼神，這一切都不是只屬於自己的東西了，身體的改變牽連著另一個人，那個人的身體也住著我的一部分。做不到割捨，只好一直愛著它們。

我們的軀體將像兩顆埋進馬里亞納海溝的時光膠囊，很久、很久以後，被未來的海洋考古學家挖掘出土，陳列在博物館的玻璃櫥窗中，作最不起眼的文物，那將是我們終於重逢的時候。我們單薄硬脆的脊椎化石前方會有一個白色小立牌寫著：「二十世紀的戀人。」

那時候的地球可能不再使用我們能讀懂的語言，經過千百萬年的物競天擇，未來的智慧生物將對我們口鼻四肢的形狀感到陌生，當更先進的技術將人類肌膚的質地呈現在他們眼前，他們會驚嘆，像智人看模擬的恐龍鱗片那般，對未知的生物歷史感到好奇。唯獨熟悉我們凝視彼此的眼神，因為觀者也正用一樣的眼神凝視一起前往博物館約會的戀人。

3

曾在意你的知情比快樂更多，現在不同了。湖水閃閃發亮著，是光害凝聚而成的星星，使我相信憂傷的極致也許並不如離別可怕。

這一次我獨自為每一行疼痛命名，親自校對。你也許會誤以為錯置的符號是偶然的疏漏，直到你發現，你忘了一件事。

4

謹以此書，表達對你的深愛，儘管我們都知道，只有愛是不夠的。

一本書能裝下的很少，可是若你還沒遺失那雙在意的眼睛，你會看見全部。

文字森林
READING FOREST
文字森林系列 009

我在水裡的日子

作　　者　渺渺
照片&錄音　渺渺
總 編 輯　何玉美
責任編輯　陳如翎
裝幀設計　海流設計
內頁排版　theBAND・變設計—Ada

出版發行　采實文化事業股份有限公司
行銷企劃　陳佩宜・馮羿勳・黃于庭・蔡雨庭
業務發行　張世明・林踏欣・林坤蓉・王貞玉
國際版權　王俐雯・林冠妤
印務採購　曾玉霞
會計行政　王雅蕙・李韶婉
法律顧問　第一國際法律事務所　余淑杏律師
電子信箱　acme@acmebook.com.tw
采實官網　http://www.acmebook.com.tw
采實臉書　http://www.facebook.com/acmebook01

I S B N　978-986-507-078-6
定　　價　350 元
初版一刷　2020 年 2 月
劃撥帳號　50148859
劃撥戶名　采實文化事業股份有限公司
104 台北市中山區南京東路二段 95 號 9 樓
電話：(02)2511-9798
傳真：(02)2571-3298

國家圖書館出版品預行編目資料

我在水裡的日子 / 渺渺著 .
-- 初版 . – 台北市 : 采實文化 , 2020.02
面；　公分 . -- (文字森林系列 ; 9)
ISBN 978-986-507-078-6(平裝)

863.55　108022079

采實出版集團
ACME PUBLISHING GROUP

文字森林
READING FOREST

文字森林
READING FOREST

文字森林
READING FOREST

文字森林
READING FOREST